El Forastero Misterioso

Por

Mark Twain

Copyright del texto © 2023 Culturea ediciones
Sitio web : http://culturea.fr
Impresión: BOD - Books on Demand (Norderstedt, Alemania)
Correo electrónico : infos@culturea.fr
ISBN :9791041808137
Depósito legal : abril 2023

Capítulo I

Fue el año 1590. Invierno. Austria quedaba muy lejos del mundo y dormía; para Austria era todavía el Medioevo, y prometía seguir siéndolo siempre. Ciertas personas retrocedían incluso siglos y siglos, asegurando que en el reloj de la inteligencia y del espíritu se hallaba Austria todavía en la Edad de la Fe. Pero lo decían como un elogio, no como un menosprecio, y en este sentido lo tomaban los demás, sintiéndose muy orgullosos del mismo. Lo recuerdo perfectamente, a pesar de que yo solo era un muchacho, y recuerdo también el placer que me producía.

Sí, Austria quedaba lejos del mundo y dormía; y nuestra aldea se hallaba en el centro mismo de aquel sueño, puesto que caía en el centro mismo de Austria. Vivía adormilada y pacífica en el hondo recato de una soledad montañosa y boscosa, a la que nunca, o muy rara vez, llegaban noticias del mundo a perturbar sus sueños, y vivía infinitamente satisfecha. Delante de la aldea se deslizaba un río tranquilo, en cuya superficie se dibujaban las nubes y los reflejos de los pontones arrastrados por la corriente y las lanchas que transportaban piedra; detrás de la aldea se alzaba una ladera llena de arbolado, hasta el pie mismo de un altísimo precipicio; en lo alto del precipicio se alzaba ceñudo un enorme castillo, con su larga hilera de torres y de baluartes revestidos de hiedras; al otro lado del río, a una legua hacia la izquierda, se extendía una ondulante confusión de colinas revestidas de bosque, y rasgadas por serpenteantes cañadas en las que jamás penetraba el sol; hacia la derecha, el terreno estaba cortado a pico sobre el río, y entre ese precipicio y las colinas de que acabamos de hablar, se extendía en la lejanía una llanura moteada de casitas pequeñas que se arrebujaban entre huertos y árboles umbrosos.

La región toda, en muchas leguas a la redonda, era una propiedad hereditaria de cierto príncipe, cuyos servidores mantenían perpetuamente el castillo en perfecta condición para ser ocupado, a pesar de que ni él, ni su familia aparecían por allí más de una vez cada cinco años. Cuando llegaban es como si hubiese llegado el señor del universo, aportando con él todas las magnificencias de los reinos del mismo; y cuando se marchaban, dejaban tras ellos un sosiego que se parecía mucho al sueño profundo que se produce después de una orgía.

Para nosotros, los niños, era Eseldorf un paraíso. No resultaba la escuela para nosotros una carga excesiva; en ella nos enseñaban principalmente a ser buenos cristianos, a reverenciar a la Virgen, a la Iglesia, y a los santos, por encima de todo. Fuera de esos temas no se nos exigía que aprendiésemos mucho, a decir verdad no se nos permitía. El saber no era bueno para las gentes vulgares y quizá podía descontentarles con la suerte de Dios les había señalado en este mundo, y Dios no tolera que nadie esté descontento de sus planes. Teníamos dos sacerdotes. Uno de ellos era un clérigo muy celoso y enérgico; se llamaba padre Adolfo y era muy apreciado.

Quizá en ciertos aspectos puedan haber existido sacerdotes mejores que el padre Adolfo, pero no hubo jamás en nuestra comunidad otro por el que sintiesen todos un respeto más solemne y reverente. Este respeto nacía de que él no experimentaba miedo alguno del diablo. Era el único cristiano de cuantos yo he conocido del que pudiera afirmarse eso con verdad. Por esa razón la gente sentía profundo temor del padre Adolfo; pensaban que aquel hombre poseía alguna cualidad sobrenatural, pues de otro modo no se habría mostrado tan audaz y seguro. Todo el mundo habla del demonio con dura antipatía, pero lo hacen de un modo reverente, no en tono de guasa; aplicaba al demonio todos los calificativos que le acudían a la lengua; y al oírlo sus oyentes se escalofriaban; con mucha frecuencia se refería al diablo en tono de mofa y de burla; al oírle las gentes se santiguaba, y se alejaban rápidamente de su presencia, temerosos de que fuese a ocurrir algo terrible.

El padre Adolfo se había encontrado más de una vez cara a cara con Satanás y lo había desafiado. Se sabía que esto era verdad. El mismo padre Adolfo lo decía. Jamás hizo de ello un secreto, sino que lo pregonaba en todas las ocasiones. Y de que lo que decía era verdad, por lo menos en una ocasión, existía la prueba, porque en esa ocasión se peleó con el enemigo malo y le tiró con intrepidez una botella; allí, en la pared de su cuarto de estudio, podía verse el rojo manchón donde la botella había golpeado quebrándose.

Pero al que todos nosotros queríamos más, y por el que sentíamos una pena mayor era por el otro sacerdote, el padre Pedro. Había gentes que lo censuraban con que si en sus conversaciones se expresaba diciendo que Dios era todo bondad y que hallaría modo de salvar a todas sus pobres criaturas humanas. Decir eso resultaba una cosa horrible, pero nunca se pudo disponer de prueba terminante que atestiguase que el padre Pedro hubiera dicho cosa semejante; además, no parecía responder a su propia manera de ser el decirlo, porque era en todo momento un hombre bueno, cariñoso y sincero. No se le acusaba de que lo hubiese dicho desde el púlpito, donde toda la congregación hubiera podido oírle y dar testimonio, sino únicamente fuera, en conversación; naturalmente resultó tarea sencilla para algún enemigo suyo el inventarlo.

El padre Pedro tenía un enemigo, un enemigo muy poderoso, a saber: el astrólogo que vivía, allá en el fondo del valle, en una vieja torre derruida, y que pasaba las noches estudiado las estrellas. Todos sabían que ese hombre era capaz de anunciar por adelantado guerras y hambres, cosa que, después de todo, no era muy difícil, porque por lo general había siempre una guerra o reinaba el hambre en alguna parte. Pero sabía también leer por medio de las estrellas, y en un grueso libraco que tenía la vida de cada persona, y descubría los objetos de valor perdidos; todo el mundo en la aldea, con excepción del padre Pedro, sentía por aquel hombre un gran temor. Incluso el padre Adolfo, el mismo que había desafiado al demonio, experimentaba un sano respeto por el astrólogo cuando cruzaba por nuestra aldea luciendo su sombrero alto y puntiagudo y su túnica larga y flotante adornada de estrellas, con su libraco a cuestas y con un callado, del que se sabía que estaba dotado de un poder mágico.

El obispo mismo, según la voz corriente, escuchaba en ocasiones al astrólogo, porque además de estudiar las estrellas y profetizar, daba grandes muestras de devoción, y éstas, como es natural, causaron impresión al obispo.

Pero el padre Pedro no fue de los compraron acciones al astrólogo. Lo denunció abiertamente como a un charlatán, como a un falsario que verdaderamente no tenía conocimientos de nada, no otros poderes superiores a los de cualquier ser humano de categoría ordinaria y condición bastante inferior. Como es natural esto hizo que el astrólogo odiase al padre Pedro, y deseaese acabar con él. Todos creímos que había sido el astrólogo el que puso en circulación la historia de aquel chocante comentario del padre Pedro, y quien la había hecho llegar hasta el obispo. Se decía que el padre Pedro había dirigido aquel comentario a su sobrina Margarita, aunque Margarita lo negó y suplicó al obispo que la creyese y que librase a su anciano tío de la pobreza y del deshonor. Pero el obispo no quiso escuchar nada. Suspendió indefinidamente al padre Pedro, aunque no llevó la cosa hasta excomulgarlo con solo la declaración de un testigo; nuestro padre Pedro llevaba ya un par de años fuera, y el otro sacerdote nuestro, el padre Adolfo, estaba al cargo de su rebaño.

Aquellos habían sido años duros para el anciano sacerdote y para Margarita. Ambos habían sido muy queridos, pero eso cambió, como es natural, cuando cayeron bajo la sombra del ceño obispal. Muchos de sus amigos se apartaron de ellos por completo y los demás se mostraron fríos y alejados. Margarita era, al ocurrir el doloroso suceso, una encantadora muchacha de dieciocho años; tenía la cabeza mejor de la aldea, y en esa cabeza más cosas que nadie. Enseñaba el arpa y se ganaba, gracias a sus propias habilidades, lo que necesitaba para vestir y para dinero de bolsillo. Pero sus alumnos la fueron abandonando uno tras otro; cuando se celebraban bailes y reuniones entre los jóvenes de la aldea, la olvidaban; los mozos se abstuvieron de ir a su casa, todos menos uno, Guillermo Meidling, y este bien podía haber dejado de ir; Ella y su tío se sintieron tristes y desorientados por aquel abandono y deshonor, desapareciendo de sus vidas el resplandor del sol. Las cosas fueron empeorando cada vez más durante los dos años. Las ropas se iban ajando, el pan resultaba cada vez mas duro de ganar. Y había llegado ya el fin de todo. Salomón Isaacs les había prestado el dinero que creyó conveniente con la garantía de la casa, y en este momento les había avisado que al día siguiente se quedaría con la propiedad.

Capítulo II

Éramos tres los muchachos que andábamos siempre juntos; habíamos andado así desde la cuna, porque nos tomamos mutuamente cariño desde el principio, y ese afecto se fue haciendo más profundo, a medida que pasaban los años: Nicolás Barman, hijo del juez principal del pueblo; Seppi Wohlmeyer, hijo del dueño de la hostería principal, la del Ciervo de Oro, que disponía de un bello jardín, con árboles umbrosos que llegaban hasta la orilla del río, teniendo además lanchas de placer para alquilar; el tercero era yo, Teodoro Fischer, hijo del organista de la iglesia, director también de los músicos de la aldea, profesor de violín, compositor, cobrador de tasas del Ayuntamiento, sacristán, y un ciudadano útil de varias maneras y respetado por todos.

Nosotros nos sabíamos las colinas y los bosques tan bien, como pudieran sabérselas los pájaros; porque, siempre que disponíamos de tiempo, andábamos vagando por ellos, o por lo menos, siempre que no estábamos nadando, paseando en lancha o pescando, o jugando sobre el hielo, o deslizándonos colina abajo.

Además, teníamos libertad para correr por el parque del castillo, cosa que tenían muy pocos. Ello se debía a que éramos los niños mimados del más viejo servidor que había en el castillo: de Félix Brandt; con frecuencia íbamos allí por las noches para oírle hablar de los viejos tiempos y de cosas extrañas, para fumar con él —porque el nos enseñó a fumar— y para tomar café; aquel hombre había servido en las guerras, y se encontró en el asedio de Viena; allí, cuando los turcos fueron derrotados y puestos en fuga, encontraron entre el botín sacos de café, y los prisioneros turcos explicaron sus cualidades y la manera de hacer con ese producto una bebida agradable; desde entonces siempre tenía café consigo, para beberlo él y también para dejar atónitos a los ignorantes.

Cuando había tormenta, nos guardaba a su lado toda la noche; y mientras en el exterior tronaba y relampagueaba, él nos contaba historias de fantasmas y de toda clase de horrores, de batallas, asesinatos, mutilaciones y cosas por el estilo, de manera que encontrábamos en el interior del castillo un refugio agradable y acogedor; las cosas que nos contaba eran casi todas ellas producto de su propia experiencia. Él había visto en otro tiempo muchos fantasmas, brujas y encantadores; en cierta ocasión se perdió en medio de una furiosa tormenta, a medianoche y entre montañas; a la luz de los relámpagos había visto bramar con el trueno al Cazador Salvaje, seguido de sus perros fantasmales por entre la masa de nubes arrastrada por el viento. Vio también en cierta ocasión un íncubo, y varias veces al gran vampiro que chupa la sangre del cuello de las personas mientras están dormidas, abanicándolas suavemente con sus alas, a fin de mantenerlas amodorradas hasta que se mueren.

Nos animaba a que no sintiésemos temor de ciertas cosas sobrenaturales como son los fantasmas, asegurándonos que no hacían daño a nadie, limitándose a vagar de una parte a otra porque se encontraban solos y afligidos y sentían necesidad de que los mirasen con cariño y compasión; andando el tiempo aprendimos a no sentir temor, y llegamos incluso a bajar con él, durante la noche, a la cámara embrujada que había en las mazamorras del castillo. El fantasma se nos apareció sólo una vez, cruzó por delante de nosotros en forma muy mortecina para la vista, y flotó sin hacer ruido por los aires; luego desapareció; Félix nos tenía tan bien adiestrados que casi ni temblamos. Nos dijo que en ocasiones se le acercaba el fantasma durante la noche, y le despertaba pasándole su mano fría y viscosa por la cara, pero no le causaba daño alguno; lo único que buscaba es simpatía, y que supiesen que estaba allí. Pero lo más extraño de todo resultaba que Félix había visto ángeles —ángeles auténticos bajados del cielo— y que había conversado con ellos. Esos ángeles no tenían alas, iban vestidos y hablaban, miraban y accionaban exactamente igual que una persona corriente, y no los habría tomado usted por ángeles, a no ser por las cosas asombrosas que ellos hacían y que un ser mortal no hubiera podido hacer, y por el modo súbito que tenían de desaparecer mientras se estaba hablando con ellos, lo que tampoco sería capaz de hacer ningún ser mortal; nos aseguró que eran agradables y alegres, y no tétricos y melancólicos, como los fantasmas.

Fue después de una charla de esa clase, cierta noche de mayo, cuando a la mañana siguiente nos levantamos y nos desayunamos abundantemente con él, para acto continuo bajar, cruzar el puente y dirigirnos a lo alto de las colinas a la izquierda, hasta una cubierta de árboles que constituía el lugar preferido por nosotros; teníamos aún en la imaginación aquellos relatos extraños, y nuestro ánimo se hallaba impresionado por ellos, cuando nos tumbamos sobre el césped para descansar a la sombra, fumar y hablar de todo ello. Pero no pudimos fumar, porque nuestro poco cuidado nos había hecho dejar olvidados el pedernal y el acero.

Al poco rato vimos venir hacia nosotros, caminando descuidadamente por entre los árboles, a un joven que se sentó en el suelo junto a nosotros y empezó a hablarnos amistosamente como si nos conociese. Pero no le contestamos, porque era forastero y nosotros no estábamos acostumbrados a tratar con forasteros, sintiendo cortedad delante de ellos. Venía ataviado con ropas nuevas y de buena calidad; era bien plantado, de cara atrayente y voz agradable, y de maneras espontáneas, elegantes y desembarazadas, y no reservón, torpe y desconfiado como los demás muchachos. Nosotros queríamos tratarle como amigo, pero no sabíamos como empezar. A mí se me ocurrió de pronto ofrecerle una pipa, y me quedé pensando si lo tomaría con el mismo espíritu afectuoso con que yo se la ofrecía. Pero me acordé de que no disponíamos de fuego, y me quedé pesaroso y defraudado. Pero él alzó la vista, alegre y complacido, y dijo.

—¿Fuego? Eso es cosa fácil; yo os lo proporcionaré.

Me sentí tan asombrado que no pude hablar, porque yo no había pronunciado una sola palabra. Agarró la pipa entre sus manos y sopló en ella; el tabaco brilló al rojo y se alzaron del mismo espirales de humo azul. Nosotros nos pusimos de pié de un salto, e íbamos a echar a correr; era cosa natural, y en efecto corrimos algunos pasos a pesar de que él nos suplicaba anheloso que nos quedásemos, dándonos su palabra de que no nos causaría daño alguno, y de que lo único que deseaba era amistarse con nosotros y hacernos compañía. Nos detuvimos pues, y permanecimos en nuestro sitio, deseosos de volver junto a él, porque nos moríamos de curiosidad y de admiración, pero temerosos de arriesgarnos a ello. El joven seguía insistiendo de una manera suave y persuasiva; cuando vimos que la pipa no estallaba ni ocurría nada, recobramos poco a poco nuestra confianza, y por fin nuestra curiosidad pudo más que nuestros temores; nos arriesgamos a retroceder, aunque lentamente y dispuestos a salir huyendo a la menor alarma.

Él se dedicó a tranquilizarnos, y supo darse maña para ello; no era posible conservar dudas y temores ante una persona tan deseosa de agradar, tan sencilla y gentil, y que hablaba de manera tan atrayente; sí, nos ganó por completo, y antes de poco rato nos hallábamos satisfechos, tranquilos y dedicados a la charla, alegrándonos de haber encontrado a este nuevo amigo. Una vez que hubo desaparecido por completo la sensación de cortedad, le preguntamos como había aprendido a realizar aquella cosa tan extraordinaria, y él nos dijo que en modo alguno era cosa aprendida; que resultaba natural en él, lo mismo que otras cosas… otras cosas curiosas.

—¿Cuáles son esa cosas?

—Son muchas; yo mismo no se cuantas aún.

—Las ejecutareis delante de nosotros?

—¡Ejecutadlas, por favor! —exclamaron los demás

—¿Pero no os escapareis otra vez?

—No, desde luego que no. Por favor, haced esas cosas. ¿Verdad que las haréis?

—Si, con gusto; pero tened cuidado de no olvidaros de lo que me habéis prometido.

Le dijimos que no nos olvidaríamos; él, entonces, se dirigió a una charca y regresó trayendo agua en una taza que había formado con una hoja; sopló sobre el agua, la tiró, y resultó convertida en un trozo de hielo que tenía la misma forma de la copa. Quedamos asombrados y encantados, pero ya no tuvimos miedo; nos sentíamos contentísimos de encontrarnos allí, y le pedimos que siguiese haciendo mas cosas. Y la hizo, nos anunció que nos iba a dar cualquier clase de frutas que quisiésemos, lo mismo si eran de la estación que si no lo eran. Todos nosotros gritamos a una:

—¡Naranjas!

—¡Manzanas!

—¡Uvas!

—Las tenéis dentro de vuestros bolsillos —dijo, y era cierto.

Además, eran lo mejor de lo mejor, las comimos y sentimos deseos de tener más; pero ningunos de nosotros lo dijo con palabras.

—Las encontrareis en el mismo lugar de donde salieron estas —nos dijo —; y encontrareis también todo cuanto vuestro apetito os pida; no necesitáis expresar con palabras la cosa que deseáis; mientras yo esté con vosotros, os bastará desear una cosa para que la encontréis.

Y dijo verdad. Jamás hubo nada tan maravilloso y tan interesante. Pan, pasteles, dulces, nueces, cuanto uno quería, lo encontraba allí. El joven no comió nada; seguía sentado y charlando, y poniendo en obra una cosa curiosa después de otra para divertirnos. Confeccionó con arcilla un minúsculo juguete que representaba una ardilla, y el juguete trepó por el tronco del árbol, se sentó sobre una rama encima de nuestras cabezas, y desde allí nos ladró. Fabricó luego un perro que no era mucho más voluminoso que un ratoncillo, y el perro descubrió la huella de la ardilla y estuvo saltando alrededor del árbol ladrando muy excitado, con tanta animación como pudiera hacerlo cualquier perro. Fue asustando a la ardilla, que saltó de un árbol a otro, y la persiguió hasta perderse ambos de vista en el bosque. Confeccionó pájaros con arcilla, los dejó en libertad, y los pájaros salieron volando y cantando.

Por último yo me animé a pedirle que dijese quien era.

—Un ángel —dijo con toda sencillez, soltó otro pájaro, y palmoteó para que huyese de allí volando.

Cuando le oímos decir aquello, nos invadió una especie de temor reverente, y de nuevo nos asustamos; pero él nos dijo que no teníamos por qué turbarnos, que no había razón para que nosotros tuviésemos miedo de un ángel, y que en todo caso él sentía afecto por nosotros. Siguió charlando con tanta sencillez y naturalidad como hasta entonces; mientras hablaba confeccionó una multitud de hombrecitos y mujercitas del tamaño de un dedo, y todas esas figuras se pusieron a trabajar con gran diligencia, limpiando e igualando un espacio de terreno de dos varas cuadradas en el césped; luego empezaron a construir en ese espacio de terreno un castillito muy ingenioso; las mujeres preparaban el mortero y lo subían a los andamios en cacerolas que llevaban sobre sus cabezas tal como han venido haciéndolo siempre nuestras mujeres trabajadoras; los hombres colocaban hileras de ladrillos; quinientos de aquellos hombres de juguete hormigueaban de un lado para otro trabajado con actividad y enjugándose el sudor de la cara con tanta naturalidad como los hombres de carne y hueso.

Nuestro sentimiento de temor se disipó muy pronto atraídos por el interés absorbente de contemplar cómo aquellos quinientos hombrecitos iban haciendo subir el castillo escalón a escalón e hilera de ladrillos a hilera de ladrillos, dándole forma y simetría, y otro vez nos sentimos completamente tranquilos y a nuestras anchas. Le preguntamos si podríamos nosotros confeccionar algunas personas; nos dijo que sí, y a Seppi le ordenó que construyese algunos cañones para las murallas, mientras que a Nicolás le encargó que hiciese algunos alabarderos, con corazas, espinilleras y yelmos; yo me encargaría de fabricar algunos jinetes con sus caballos; al distribuirnos esta tarea nos llamó por nuestros nombres, pero no nos dijo como los sabía. Entonces Seppi le preguntó como se llamaba él, y contestó tranquilamente:

—Satanás.

En este instante alargó la mano con una piedrecilla en ella, y recogió en la misma a una mujercita que se iba a caer del andamio, la colocó otra vez donde debía estar, y dijo:

—¡Que idiota ha sido al caminar hacia atrás como lo ha hecho, sin darse cuenta de donde estaba!

La cosa nos tomó de sorpresa, sí, ese nombre nos sorprendió, cayéndosenos de las manos las piezas que estábamos haciendo y rompiéndosenos en pedazos, a saber: un cañón, un alabardero y un caballo. Satanás se echó a reír, y preguntó qué había pasado. Yo le contesté:

—Nada, pero nos sorprendió mucho ese nombre en un ángel.

Nos preguntó el porqué.

—Porque, veréis… porque es el nombre del demonio.

—En efecto, él es mi tío.

Lo dijo plácidamente, pero nosotros nos quedamos por un momento sin respiración, y nuestros corazones latieron apresurados. Él no pareció advertirlo; recompuso con un toque nuestros alabarderos y demás piezas rotas, nos las entregó ya acabadas y dijo:

—¿Es que no os acordáis de que él fue en tiempos un ángel?

—Sí, es cierto —dijo Seppi—. No había caído en ello.

—Antes de la caída era irreprochable.

—Sí —dijo Nicolás—, entonces era sin pecado.

—Nuestra familia es muy distinguida —dijo Satanás—; no hay otra mejor que ella. Él fue el único miembro de la misma que ha pecado jamás.

Yo sería incapaz de hacer comprender a nadie todo lo emocionante que resultaba aquello. Ya conocen ustedes esa especie de estremecimiento que lo recorre a uno cuando tiene ante los ojos un espectáculo tan sorprendente, encantador y maravilloso que hace que constituya un júbilo temeroso es estar con vida y el presenciar aquello; los ojos se dilatan mirando, los labios se resecan y la respiración sale entrecortada, pero por nada del mundo querría uno encontrarse en ninguna otra parte, sino allí mismo. La tenía en la punta de la lengua y a duras penas lograba contenerla, pero sentía vergüenza de hacerla; podría ser una grosería. Satanás, que había estado fabricando un toro, lo dejó en el suelo, me miró sonriente y dijo:

—No sería una grosería, y aunque lo fuese, yo estoy dispuesto a perdonarla. ¿Qué si le he visto a él? Millones de veces. Desde la época en que yo era un niño pequeño de mil años de edad fui el segundo favorito suyo entre los ángeles del angelinato de nuestra sangre y de nuestro linaje (para emplear una frase humana). Sí, desde entonces hasta la caída, ocho mil años medidos por vuestra medida del tiempo.

—¡Ocho mil!

—¡Sí!

Se volvió a mirar a Seppi, y siguió hablando como si contestase a un pensamiento que Seppi tenía en su cerebro:

—Naturalmente que yo parezco un muchacho, porque, en efecto, lo soy. Lo que vosotros llamáis tiempo es entre nosotros una cosa muy amplia; se necesita un grandísimo espacio de tiempo para que un ángel llegue a su madurez.

Surgió en mi cerebro una pregunta, y él se volvió hacia mí y me contestó:

—Tengo dieciséis mil años, contando como vosotros contáis.

Luego se volvió hacia Nicolás y dijo:

—La caída no me afectó a mí, ni a ninguno más de mis parientes. Fue únicamente aquel cuyo nombre llevo yo quien comió del fruto del árbol y quien luego hizo comer del mismo, con engaños, al hombre y a la mujer. Nosotros, los demás, seguimos ignorando el pecado; somos incapaces de pecar; vivimos sin mancha alguna, y permaneceremos siempre en semejantes estado. Nosotros…

En este momento se enzarzaron en una pelea dos de los pequeños trabajadores y se lanzaron el uno al otro maldiciones y tacos con sus vocecitas que parecía zumbidos de abejorro; llegaron luego a las manos y corrió la sangre; por último se enzarzaron en una lucha a vida o muerte. Satanás extendió la mano, los aplastó con los dedos, los dejó sin vida, los tiró lejos de sí, se limpió la sangre de los dedos con el pañuelo y siguió hablando en el punto en que lo había dejado:

—Nosotros no podemos hacer el mal, y ni siquiera estamos capacitados para hacerlo, porque ignoramos en qué consiste el mal.

Aquellas palabras sonaban de un modo extraño en semejantes circunstancias, pero nosotros apenas reparamos en ello, porque estábamos doloridos y aterrados ante el asesinato temerario que acababa de cometer, porque asesinato era en toda la extensión de la palabra, sin paliativo ni excusa, porque aquellos hombres no le habían faltado de ninguna manera. Nos afligió mucho, porque lo amábamos, y nos había parecido un joven muy noble, hermoso y generoso, y habíamos creído honradamente que era un ángel. ¡Y ahora la veíamos cometer una acción tan cruel como aquella! ¡Cómo lo rebajaba a nuestra vista, teniendo como habíamos tenido tanto orgullo de él.

Siguió hablando como si nada hubiera ocurrido, contándonos sus viajes y las cosas de interés que había visto en los enormes mundos de nuestros sistemas solares y en los de otros sistemas solares alejadísimos en los más remoto del espacia; y las costumbres de los seres inmortales que habitan en ellos; nos fascinó, nos hechizó, nos encantó a pesar de la escena lamentable que teníamos delante de los ojos, porque las esposas de los hombrecitos muertos habían descubierto sus cuerpos aplastados y deformados, y lloraban sobre ellos, sollozando y lamentándose, mientras un sacerdote, arrodillado y con las manos cruzadas sobre el pecho, rezaba; se congregaron a su alrededor muchedumbres y muchedumbres de amigos doloridos, descubiertos con respeto y con las cabezas desnudas inclinadas; a muchos de ellos les corrían las lágrimas por la cara, pero Satanás no prestó atención a aquella escena hasta que el ligero ruido de los sollozos y de los rezos empezó a molestarle; entonces alargó la mano, levantó con ella la pesada tabla que servía de asiento en nuestro columpio y la dejó caer con fuerza, aplastando a toda aquella gente contra la tierra lo mismo que si se hubiese tratado de otras tantas moscas, y siguió hablando con la misma naturalidad.

¡Un ángel y había matado a un sacerdote! ¡Un ángel que desconocía la manera de hacer el mal y que aniquilaba a sangre fría a centenares de pobres hombres y mujeres indefensos que ningún daño le habían hecho a él jamás! Nos sentimos enfermos ante aquella hazaña espantosa, pensando que ninguna de aquellas pobres criaturas se hallaba preparada a bien morir, salvo el sacerdote, porque ninguna de ellas había tenido la ocasión en su vida de oír la santa misa y de ver una iglesia. Y nosotros éramos testigos de aquello; nosotros habíamos visto cometer aquellos asesinatos, y nuestro deber era denunciarlos y dejar que la ley siguiera su curso.

Pero él siguió hablando sin interrupción y puso en obra sus encantamientos otra vez sobre nosotros con aquella música fatal de su voz. Nos hizo olvidarlo todo; no podíamos hacer otra cosa que escucharle, sentir amor por él, sentirnos esclavos suyos y dejar que hiciese con nosotros lo que él quisiese. Nos emborrachó con el gozo de estar en su compañía, de mirar dentro del cielo de sus ojos, de sentir el éxtasis que nos corría por las venas al contacto de su mano.

Capítulo III

El forastero lo había visto todo, había estado en todas partes, lo sabía todo y no se olvidaba de nada. Lo que los demás necesitaban estudiar, él lo aprendía de una sola ojeada; para él no existían dificultades. Y cuando hablaba de las cosas las hacía vivir delante de usted. Él había visto nacer el mundo; él había visto crear a Adán; él había visto a Sansón agarrarse de las columnas y reducir a ruinas el templo a su alrededor; él había visto la muerte de César; él nos contó la vida que se llevaba en el cielo; él había visto a los condenados retorciéndose en las olas de fuego del infierno; él nos hizo ver todas esas cosas, porque parecía que nos encontrásemos en el lugar mismo donde habían ocurrido, contemplándolas con nuestros propios ojos. Además, nosotros las sentíamos; pero no advertíamos señal alguna de que fuesen para el narrador otra cosa que simples entretenimientos. Aquellas visiones del infierno, aquellos pobres niños, mujeres, muchachas, mozos y hombres vociferando y suplicando angustiados, nosotros casi no podíamos aguantarlo, pero él se mostraba tan impasible como si se hubiese tratado de otras tantas ratas de juguete caídas en un fuego artificial.

Y siempre que hablaba de los hombres y mujeres que vivían aquí, en la tierra, y de lo que hacían —aún hablando de sus actos más grandiosos y sublimes—, nosotros nos sentíamos secretamente avergonzados, porque de sus maneras se deducía que para él eran esos hombres y mujeres, y sus actos, cosas de muy poca importancia; a veces uno llegaba a crecer que estaba hablando de insectos.

En una ocasión llegó a decir, con estas mismas palabras, que los que vivíamos aquí abajo éramos para él gentes muy importantes, a pesar de que éramos torpes, ignorantes, triviales, engreídos, llenos de enfermedades y de raquitismo y completamente ruines, pobres y sin valor alguno. Lo dijo como la cosa más corriente, sin amargura, como una persona pudiera hablar de ladrillos, abonos o de cualquier otra cosa que no tuviese trascendencia ni sentimientos. Yo me daba cuenta de que él no quería molestar, pero para mis adentros lo califiqué de manera bastante ruda de expresarse.

—¿Ruda? —dijo él—. Esto es simplemente la verdad, y el decir la verdad es tener buenas maneras; las maneras son una ficción. Ya está terminado el castillo. ¿Os gusta?

A cualquiera le hubiera gustado por fuerza. Resultaba encantador a la vista, era fino y elegante, inteligentemente perfecto en todos sus detalles, hasta en las banderitas que ondeaban desde las torres. Satanás dijo que ahora teníamos que poner en posición la artillería, situando los alabarderos y haciendo un despliegue de la caballería. Los hombres y caballos fabricados por nosotros eran espectáculo digno de verse, y no se parecían en nada a lo que nosotros nos habíamos propuesto; lo cual no es extraño, porque no nos habíamos practicado en la fabricación de tales cosas. Satanás dijo que nunca los había visto peores; cuando él los tocó y les dio vida, resultaba sencillamente ridícula la manera que tenían de actuar, porque sus piernas no eran de largura uniforme. Giraban y se caían de bruces como si estuvieran borrachos, poniendo en peligro la vida de todos los demás que había a su alrededor, hasta que por último quedaron tumbados en el suelo, sin poder valerse y dando patadas. Aquel espectáculo nos hizo reír a todos, aunque era cosa vergonzosa de ver. Se cargaron los cañones con tierra para disparar salvas, pero se hallaban tan torcidos y mal fabricados que volaron en pedazos al hacerse el disparo, matando a algunos artilleros y dejando inútiles a otros. Satanás dijo que si nos agradaba, podría ofrecernos ahora una tempestad y un terremoto, pero que era imprescindible que nos apartásemos un trecho, a fin de situarnos fuera de peligro. Quisimos que se apartasen también los hombrecitos, pero él nos contestó que no nos preocupásemos por ellos; que no tenían importancia, que si los necesitábamos, podríamos fabricar más en otro momento.

Comenzó a cernerse sobre el castillo una pequeña nube tormentosa, brotaron relámpagos y truenos en miniatura, el suelo empezó a estremecerse, el viento sopló y silbó, cayó la lluvia y toda aquella gente corrió en tropel a buscar refugio en el castillo. La nube se fue haciendo más negra cada vez, hasta el punto de que ya apenas podía distinguirse el castillo a través de la misma; uno tras otro fueron estallando los rayos, atravesaron el castillo, le prendieron fuego y por entre la nube brillaron rojas y furiosas las llamas; la gente que se había refugiado dentro salió dando alaridos, pero Satanás los barrió hacia atrás, sin hacer caso de nuestras súplicas, llantos y ruegos; en medio de los aullidos del viento, y de los retumbos del trueno, estalló el polvorín, el terremoto abrió una ancha grieta en el suelo, y los restos y ruinas del castillo rodaron al abismo que se los tragó, cerrándose sobre ellos con todas aquellas vidas inocentes, y sin que se salvase ni una sola de las quinientas pobres criaturas. Teníamos los corazones destrozados; no pudimos menos de llorar.

—No lloréis —dijo Satanás—; nada valían todos ellos.

—¡Pero es que todos han ido al infierno!

—Eso no importa, podemos hacer muchísimos más.

Fue inútil que intentásemos conmoverlo; era evidente que carecía por completo de sentimiento y que no conseguía comprendernos. Él, en cambio, estaba entusiasmado, y tan alegre como si aquello fuera una boda y no una degollina infernal. Se sentía además inclinado a que nosotros compartiésemos su estado de ánimo y como es natural, su magia logró ver cumplido su deseo. Aquello no era una dificultad para él; lograba hacer de nosotros lo que quería. Al poco rato nosotros bailábamos encima de aquel sepulcro, mientras él tocaba un instrumento desconocido y dulcísimo que sacó del bolsillo; en cuanto a la música, quizá no haya otra parecida, excepto en el cielo, y de allí la había traído él según nos dijo. Lo volvía a uno loco de placer; no podíamos apartar de aquel joven nuestros ojos, y las miradas que de nuestros ojos salía procedían de nuestros corazones, y su lenguaje mudo equivalía a una adoración. También el baile lo trajo del cielo, y tenía la bienaventuranza del paraíso.

Al rato dijo que tenía que salir a hacer una gestión. Pero aquella idea se nos hizo a nosotros insoportable; nos aferramos a él, y le suplicamos que siguiese con nosotros donde estaba; esto le agradó, y nos lo dijo, asegurándonos que no se marcharía todavía y que esperaría un poco más, de modo que podíamos sentarnos y hablar algunos minutos; nos dijo que el único nombre de verdad que él tenía era el de Satanás, pero que deseaba ser conocido únicamente de nosotros por el mismo; había elegido otro nombre para que lo llamásemos con él cuando estaban presentes otras personas; era un nombre vulgar, como cualquiera de los que lleva la gente: Felipe Traum.

¡Qué raro y qué pobre sonaba para un ser como aquel! Pero era una decisión suya, y nada dijimos; aquello bastaba.

Aquel día habíamos visto prodigios; mis pensamientos comenzaron a darle vueltas a la satisfacción que sería para mí el relatar todo aquello cuando volviese a casa; pero Satanás vio mis pensamientos y dijo:

—No; todos estos asuntos han de quedar secretos entre nosotros cuatro. No me importa que intentéis contarlos, si así os place; pero yo protegeré vuestras lenguas y no escapará nada relacionado con el secreto.

Aquello era una desilusión, pero no podía remediarse, y nos costó algunos suspiros. Permanecimos conversando agradablemente, él leía nuestros pensamientos y contestaba a ellos: a mí me pareció que era ésa la maravilla más grande de todas cuantas él había hecho; pero interrumpió mis meditaciones y dijo:

—No; para ti resulta maravilloso, pero no para mí. Yo no me hallo sujeto a las condiciones humanas. Sé medir y comprender las debilidades de los hombres, porque las he estudiado; pero no tengo ninguna de ellas. Mi carne no es real, a pesar de que parezca consistente a vuestro tacto; mis vestidos no tienen realidad; yo soy un espíritu. El padre Pedro viene —nos volvimos a mirar pero no vimos a nadie—. Todavía él no está a la vista, pero enseguida le veréis.

—¿Le conoces a él, Satanás?

—No.

—¿No querrás hablarle cuando llegue? No es un hombre ignorante y de pocas luces como nosotros, y le gustará mucho hablar contigo. ¿Lo harás?

—En otra ocasión si, pero no ahora. Dentro de un momento tendré que ir a realizar un encargo. Allí está ya; podéis verle. Permaneced sentados y no digáis nada.

Alzamos la vista y descubrimos al padre Pedro, que se acercaba por entre los castaños. Nosotros tres nos hallábamos sentados juntos en el césped, y Satanás frente a nosotros en el camino. El padre Pedro se acercó lentamente con la cabeza agachada, meditando, y se detuvo a un par de varas de nosotros; se quitó el sombrero, sacó del mismo un pañuelo de seda y se enjugó la cara, pareciendo como si fuera a hablarnos, pero no lo hizo. Luego murmuró: «Yo no sé qué es lo que me ha traído aquí; tengo la impresión de que haced un minuto me hallaba en mi despacho, aunque supongo que debo estar soñando por espacio de una hora y que hice todo este trecho sin darme cuenta; porque, en estos tiempos de dificultades, ya no soy el mismo».

Después de eso siguió moviendo la boca en silencia, como hablando consigo mismo, y avanzó por el sendero a través de Satanás, como si allí no hubiera nadie. Al ver aquello se nos cortó la respiración. Sentimos impulsos de gritar, como suele hacerse casi siempre que ocurre una cosa sobresaltadora; pero un algo misterioso nos contuvo y permanecimos callados, aunque con la respiración más apresurada. Luego los árboles ocultaron, después de unos momentos, al padre Pedro, y Satanás dijo:

—Tal como os lo dije. Yo soy únicamente espíritu.

—Sí, ahora lo vemos —dijo Nicolás—; pero nosotros no somos espíritus. Es evidente que él no te vio; pero ¿también nosotros le resultamos invisibles? Porque nos miró y pareció que no nos veía.

—En efecto, ningunos de nosotros fue visible para él, porque yo lo quise así.

Aquella parecía casi demasiado grande para ser cierto; me refiero a que estuviésemos, en efecto, presenciando cosas tan novelescas y maravillosas, y el que no fuese todo un sueño. Y allí seguía él, sentado, con el aspecto exterior de cualquier otra persona, completamente natural, sencillo, encantador y chachareando otra vez lo mismo que antes. La verdad, que no es posible dar a comprender con palabras lo que nosotros sentíamos. Aquello era un éxtasis, y el éxtasis es una cosa que no puede explicarse con palabras; produce la misma sensación que la música, y nadie puede hablar de la música de manera que consiga transmitir a otra persona la sensación que le produce. Otra vez había vuelto a los tiempos antiguos y los revivía delante de nosotros.¡Cuanto había visto aquel joven, cuanto! Sólo el mirarle y el imaginarse la sensación que había de producir el tener a espaldas de uno tantísima experiencia, resultaba cosa de asombro.

Pero con aquello se sentía uno mismo dolorosamente trivial, lo mismo que una criatura de un solo día, y además de un día brevísimo y mezquino. Y él no nos decía nada que pudiera levantar nuestro orgullo desfalleciente; no, no nos decía ni una sola palabra. Hablaba siempre de los hombres con la misma indiferencia de siempre, como quien habla de ladrillos, de montones de abono y cosas por el estilo; se veía que para él no tenían importancia alguna, ni en un sentido ni en otro. Saltaba a la vista que él no quería lastimarnos; lo mismo que nosotros no tenemos intención de ofender a un ladrillo cuando lo menospreciamos; nada significan parea nosotros las emociones de un ladrillo; jamás se nos ocurre pensar si las tiene o no las tiene.

En cierta ocasión en que amontonaba los reyes, conquistadores, poetas, profetas, piratas y mendigos más ilustres, todos revueltos, igual que ladrillos en una pila, yo me sentí, impulsado por la vergüenza, a decir algo a favor del hombre, y le pregunté por qué razón establecía él una diferencia tan grande entre los hombres y su propia persona. Tuvo que forcejear un instante con hallar la contestación, pareciendo que no comprendía como era posible que yo le plantease una cuestión tan extraordinaria. Por fin dijo:

—¿La diferencia entre el hombre y yo? ¿La diferencia entre un mortal y un inmortal? ¿Entre una nube y un espíritu? —echó mano a un piojillo de madera que reptaba por un pedazo de corteza—.¿Qué diferencia existe entre César y esto?

Yo contesté:

—No es posible comparar cosas que por su naturaleza y por el intervalo que los separa resultan incomparables.

—Tú mismo has contestado a tu pregunta —dijo—. Ampliaré la contestación. El hombre fue hecho del barro. Yo mismo vi hacerlo. Yo no he sido creado del barro. El hombre es un museo de enfermedades, una residencia de impurezas; llega hoy y mañana ha desaparecido; empieza como barro y acaba como hedor; yo soy de la aristocracia de los imperecederos. Y el hombre tiene el sentido moral. ¿Comprendéis? El tiene el sentido moral. Esto solo sería suficiente de por sí, para establecer una diferencia entre nosotros.

Se calló como si hubiese dejado dilucidado el asunto. Yo sentí dolor porque en aquel entonces sólo tenía una idea confusa de lo que era el sentido moral. Sabía únicamente que los hombres estábamos orgullosos de poseerlo, y al oírle hablar de aquella manera sobre ese sentido, me noté lastimado; tuve la misma sensación que una muchacha muy creída de que sus más preciados atavíos causan admiración y que oye de pronto a unos desconocidos que se están mofando de los mismos. Todos permanecimos callados un rato; yo, por lo menos, me sentía deprimido. Satanás empezó a charlar otra vez, y lo hizo enseguida de manera tan chispeante, tan alegre y tan vivaz, que mi ánimo volvió a reanimarse una vez más. Dijo algunas cosas muy agudas que nos arrancaron una tempestad de carcajadas; y cuando nos contaba lo de aquella vez en que Sansón ató antorchas encendidas a la cola de las zorras y las soltó por los sembrados de maíz de los filisteos, mientras él permanecía sentado en una cerca dándose palmadas en los muslos y riéndose de tal manera que le corrían las lágrimas por los carrillos, hasta el punto de perder su equilibrio y caerse de la cerca, el recuerdo de esa escena le arrancó a él también una carcajada, y nosotros pasamos un rato encantador y delicioso. Poco después dijo:

—Ahora me marcho a hacer mi encargo.

—¡No te marches! —dijimos todos nosotros—. No te marches; quédate con nosotros, porque ya no regresarás.

—Sí regresaré; os doy mi palabra.

—¿Cuándo? ¿Esta noche? Dinos cuando.

—No pasará mucho tiempo, ya lo veréis.

—Nosotros te queremos.

—Y yo a vosotros. Como prueba de ello os voy a hacer una exhibición que será digna de verse. Por regla general cuando yo me marcho me limito a desvanecerme; pero ahora voy a disolverme a mí mismo de manera que veáis vosotros como ocurre.

Se puso en pié y la cosa se realizó rápidamente. Se fue adelgazando y adelgazando, hasta quedar convertido en un globito de espuma de jabón; por toda su superficie jugueteaban y relampagueaban los delicados colores iridiscentes de la burbuja, y junto a ellos se distinguía ese dibujo parecido al armazón de una ventana que se distingue siempre sobre el globo de la burbuja de jabón. Todos habréis visto a una de esas burbujas dar en la alfombra y rebotar con ligereza dos o tres veces antes de estallar. Eso fue lo que él hizo. Dio un salto, tocó el césped, dio otro salto, siguió adelante flotando, tocó otra vez, y así sucesivamente, hasta que, de pronto, ¡puff!, estalló y ya no se vio nada.

Fue un espectáculo extraordinario y digno de verse. Nosotros no pronunciamos una sola palabra, sino que permanecimos sentados llenos de asombro, como en un sueño, y parpadeando; por último, Seppi se levantó y exclamó suspirando dolorosamente:

—Me imagino que nada de cuanto hemos visto ha ocurrido en realidad.

Nicolás suspiró y dijo más o menos lo mismo.

Yo me sentí desdichado oyéndoles hablar de ese modo, porque expresaban el mismo frío temor que yo tenía en mi alma. En ese momento vimos al pobre padre Pedro, que regresaba caminando lentamente con la cabeza inclinada, como buscando algo sobre el suelo. Cuando se encontró ya muy cerca de nosotros, alzó la vista, nos vio y dijo:

—¿Hace mucho que estáis aquí, muchachos?

—Nada más que un ratito, padre.

—Pues entonces habréis llegado después de pasar yo, y quizá podáis ayudarme. ¿Vinisteis acaso por ese mismo sendero?

—Sí, padre.

—Perfectamente. También yo vine por este mismo sendero. He perdido mi bolsa. No contenía gran cosa, pero para mí es mucho, aún siendo poco, porque en la bolsa estaba cuanto yo poseía. Me imagino que vosotros no la habéis visto, ¿verdad?

—No padre, pero le ayudaremos a usted a buscarla.

—Eso era lo que yo iba a pediros. ¡Pero cómo, aquí está!

Nosotros no la habíamos visto; sin embargo, allí estaba, en el sitio mismo que Satanás había ocupado cuando empezó a disolverse, si en efecto se disolvió y no fue todo pura ilusión. El padre Pedro la recogió y dio muestras de hallarse muy sorprendido.

—La bolsa es la mía —dijo—, pero no su contenido. Esta bolsa está abultada; la mía estaba flaca; la mía era ligera; ésta pesa mucho.

La abrió; se hallaba atiborrada, hasta no poder más, de monedas de oro. El padre nos permitió mirarla hasta hartarnos; desde luego que miramos, porque jamás habíamos visto hasta entonces tantas monedas juntas. Nuestras bocas se abrieron a un tiempo para decir: «¡Esto lo hizo Satanás!». Pero no salieron de ellas palabra alguna. Estaba visto que no podíamos hablar lo que Satanás no quería que hablásemos; él mismo nos lo había dicho.

—¿Sois vosotros quienes habéis hecho esto, muchachos?

No pudimos menos de echarnos a reír; y él mismo se rió cuando pensó en lo disparatado de aquella pregunta.

—¿Quién estuvo aquí?

Nuestras bocas se abrieron para contestar, y abiertas permanecieron un momento, porque si decíamos que nadie mentiríamos, pero tampoco se nos ocurría la palabra exacta; entonces yo pensé en la que resultaría verdadera, y la dije:

—Aquí no estuvo ningún ser humano.

—Eso es —dijeron los demás, y dejaron que sus bocas se cerrasen.

—Eso no es así —dijo el padre Pedro y nos miró con gran severidad—. Yo pasé por aquí hace un rato y en este lugar no había nadie, pero eso nada significa; alguien ha estado aquí después. Yo no quiero decir que la persona en cuestión haya pasado por este lugar antes que vosotros llegaseis, y tampoco quiero decir que vosotros la hayáis visto; pero sé que alguien ha pasado. Decidme, por vuestro honor: ¿no visteis a nadie?

—No vimos a ningún ser humano.

—Eso basta; tengo la seguridad de que me estáis diciendo la verdad.

Empezó a contar el dinero sobre la senda, y nosotros puestos de rodillas le ayudamos ansiosamente a colocar las monedas en pequeños montones.

—¡Hay mil ciento y pico de ducados! —exclamó—. ¡Válgame Dios, si fuesen míos, con la muchísima falta que me hacen!

Su voz se quebró y le temblaron los labios.

—¡Son vuestros, señor, vuestros hasta el último maravedí! —gritamos todos a una.

—No, no son míos. Míos son únicamente cuatro ducados; los demás…

El hombre cayó en una especie de ensueño, y acariciando en sus manos algunas de las monedas se olvidó del lugar en que estaba; se hallaba sentado sobre sus talones y tenía su vieja cabeza blanca descubierta. ¡Qué pena daba verle! Por fin se despertó y dijo:

—No, no son míos. Yo no me explico como puede haber ocurrido esto. Quizá algún enemigo. Con seguridad se trata de alguna trampa que me tienden.

Nicolás dijo:

—Padre Pedro, usted no tiene en la aldea (ni tampoco Margarita) ningún verdadero enemigo, fuera del astrólogo. Y ninguno de los que quizá os tenga entre ojos es siquiera lo suficientemente rico para arriesgar mil cien ducados con objeto de haceros una mala jugada. Decidme si tengo o no tengo razón en lo que digo.

El padre Pedro no supo responder a ese argumento, y se sintió reconfortado.

—Pero fijaos que en todo caso ese dinero no es mío, no es mío.

Lo dijo con expresión de deseo, como persona que no lamentaría, sino que se alegraría, de que cualquiera le contradijese.

—Es de usted, padre Pedro, y nosotros somos testigos. ¿Verdad que lo somos, muchachos?

—Sí, los somos, y además lo sostendremos.

—Benditos sean vuestros corazones. Casi me habéis convencido; sí, me habéis convencido. ¡Con un centenar y pico de ducados me bastaría! Mi casa está hipotecada por esa suma y si no pagamos mañana esa cantidad, no tendremos cobijo para nuestras cabezas. Y yo solo dispongo de esos cuatro ducados…

—Son vuestros, todos los que hay en la bolsa hasta el último ardite, y estáis obligado a quedaros con ellos. Nosotros respondemos que todo ha ocurrido honradamente. ¿Verdad que sí, Teodoro? ¿Verdad que sí, Seppi?

Nosotros contestamos que sí y Nicolás atiborró de nuevo la vieja bolsa con las monedas y obligó a su propietario a tomarlas. Entonces nos dijo que dispondría de doscientos de aquellos ducados, porque su casa constituía garantía suficiente de esa cantidad y que el resto del dinero lo colocaría a interés, hasta que apareciese el verdadero propietario; y que nosotros, por nuestra parte, tendríamos que firmarle un documento en el que constase cómo había llegado el dinero a su poder. Ese documento lo mostraría él a la gente de la aldea, como prueba de que no había salido él de sus dificultades por ningún medio deshonroso.

Capítulo IV

Al día siguiente, cuando el padre Pedro pagó a Salomón Isaacs su deuda en oro, y dejó en sus manos , a interés, el resto del dinero, aquel hecho dio lugar a inmensos comentarios. También se observó un cambio simpático: fueron muchos los que acudieron a su casa a presentarle sus felicitaciones, y cierto número de amigos que se habían enfriado en su trato, volvieron a mostrarse cariñosos y afectuosos; para colmo de todo, Margarita fue invitada a una reunión.

Y todo sin el menor misterio. El padre Pedro lo refirió tal y como había ocurrido, agregando que no se lo explicaba, aunque hasta donde se le alcanzaba a él, era obra de la mano de la Providencia.

Hubo una o dos personas que movieron la cabeza y dijeron en privado que aquello parecía más bien obra de Satanás; ciertamente que para tratarse de gentes tan ignorantes, era aquel un barrunto sorprendentemente exacto. Hubo algunos que merodearon a nuestro alrededor huroneando astutamente, e intentando con adulaciones que nosotros, los muchachos, hablásemos y «dijésemos toda la verdad»; nos prometieron que no se lo contarían a nadie, y que sólo querían saberla para su propia satisfacción, porque todo aquel asunto resultaba extraordinariamente raro. Llegaron incluso a querer comprar el secreto, pagándonos con dinero; si hubiésemos podido, habríamos inventado algo que viniese bien al caso, pero no podíamos; no teníamos habilidad para tanto, y no tuvimos más remedio que dejar pasar aquella oportunidad, lo que fue una verdadera lástima.

No nos costó trabajo ir y venir con aquel secreto encima; pero el otro, el grande, el magnífico, nos quemaba las mismas entrañas, porque ardía por salir fuera, y nosotros ardíamos por dejarlo salir, y asombrar con él a las gentes. Pero no tuvimos más remedio que guardarlo; a decir verdad, él se guardó a sí mismo. Satanás lo dijo, y así fue. Nosotros salíamos todos los días de la aldea y nos metíamos en los bosques para poder hablar acerca de Satanás; a decir verdad, no pensábamos en otra cosa, ni de otra cosa nos preocupábamos; día y noche estábamos de Satanás, con la esperanza de que viniera, y a medida que pasaba el tiempo más nos impacientábamos. Ya no sentíamos ningún interés por la compañía de los otros muchachos y no participábamos en sus juegos y empresas. Después de ver a Satanás, nos parecían demasiado domesticados;

después de las aventuras de Satanás en la antigüedad y en las constelaciones, después de sus milagros, de su disolverse y explotar, etc., las cosas de los muchachos resultaban insignificantes y vulgares.

Durante el primer día estuvimos llenos de ansiedad por una cosa, y a cada momento, con uno u otros pretextos, nos presentamos en la casa del padre Pedro para seguir la huella de esa preocupación. Esta se refería a las monedas de oro; temíamos que en cualquier momento se deshiciese y se convirtiese en polvo, igual que las monedas de los cuentos de hadas. Si ocurría eso... Pero no ocurrió. Nadie se había quejado de nada al terminar el primer día; de modo, pues, que, en vista de aquella prueba, quedamos convencidos de que se trataba de oro auténtico, y desapareció esa ansiedad de nuestras almas.

Una pregunta deseábamos hacer al padre Pedro, y por último, un poco recelosos, y después de sacar a suertes con unas pajas, fuimos a verlo; yo le pregunté con toda la naturalidad que pude, a pesar de que mis palabras no sonaron tan de casualidad como yo habría querido, porque no supe cómo hacerlo:

—¿Qué es el sentido moral, señor?

El padre Pedro miró sorprendido por encima de los cristales de sus gafas voluminosas y dijo:

—Sentido moral es la facultad que nos capacita para distinguir el bien del mal.

Aquello ya era una luz, pero no un resplandor, y yo me sentí algo defraudado, y también, hasta cierto punto, lleno de embarazo. El padre Pedro estaba esperando que yo siguiese adelante, y por eso, no teniendo nada más que decir, pregunté:

—¿Y tiene algún valor?

—¿Que si tiene valor? ¡Válgame Dios, mocito! El sentido moral es lo único que eleva al hombre por encima de las bestias que perecen y lo hace heredero de la inmortalidad.

Estas palabras no me sugirieron ninguna otra pregunta que hacer; salí, pues, de allí con los otros muchachos, y nos alejamos con esa sensación indefinida que todos hemos experimentado con frecuencia de encontrarnos llenos, pero no saciados. Los otros muchachos hubieran querido que yo me explicase, pero me hallaba fatigado.

Para salir de la casa cruzamos por la sala, y allí se encontraba Margarita enseñando a María Lueger a tocar el espineto. De modo, pues, que ya había vuelto una de las alumnas que antes la abandonaron; una alumna que era, además, influyente; luego la seguirían las demás. Margarita se puso en pie de un salto y corrió a darnos otra vez las gracias, con lágrimas en los ojos —y ya era la tercera vez— por haberlos salvado a ella y a su tío de que los pusiesen en la calle; nosotros le repetimos que aquello no era obra nuestra; pero ésa era la manera de proceder Margarita; jamás se cansaba de las gracias por cualquier cosa que uno hacía en su favor; la dejamos pues, que hablase a gusto suyo.

Cuando cruzábamos por el jardín nos encontramos a Guillermo Meidling sentado y esperando, porque se acercaba el crepúsculo y quería pedir a Margarita que saliese a pasear en su compañía por la orilla del río cuando terminase la lección. Era Guillermo un abogado joven, que comenzaba a prosperar y se abría camino poco a poco. Le gustaba mucho Margarita, y él a ella. No se había retirado como los demás, sino que durante todo aquel tiempo había defendido su terreno. Margarita y su tío habían tenido muy presente aquella lealtad. El joven no era precisamente un talento, pero sí un buen mozo y bondadoso, cosas ambas que son por sí mismas una especie de talento y que ayudan en la vida. Nos preguntó qué tal marchaba la lección, y nosotros le contestamos que estaba a punto de finalizar. Quizá era cierto lo que decíamos, aunque lo dijimos al buen tuntún, creyendo agradarle con ello, como, en efecto, le agradó, sin que a nosotros nos costase nada.

Capítulo V

Al cuarto día llegó el astrólogo procedente de su vieja torre ruinosa del fondo del valle, donde, según yo creo, supo la noticia. Conversó en secreto con nosotros, y le dijimos lo que pudimos decirle, porque nos inspiraba gran terror. El hombre se quedó un rato meditando y meditando para sus adentros; luego preguntó:

—¿Cuántos ducados visteis vosotros?

—Mil ciento siete, señor.

Entonces él, como si estuviera hablando consigo mismo, dijo:

—¡Qué cosa más curiosa! Sí, es una cosa por demás curiosa. Una coincidencia rara.

Acto seguido comenzó a hacernos preguntas sobre todo lo que ya habíamos hablado, y nosotros le contestamos. De pronto dijo:

—Mil ciento seis ducados. Es una fuerte suma.

—Siete—dijo Seppi, rectificándole.

—¿Siete, decís? Desde luego que un ducado más o menos no tiene importancia; pero antes dijisteis mil ciento seis.

Nosotros no podíamos contestar sin peligro que se equivocaba, pero estábamos seguros de ello. Nicolás dijo:

—Perdónenos usted el error, pero quisimos decir siete.

—No tiene importancia mocito; lo dije nada más que para que supieseis que yo me había fijado en esa diferencia. Han pasado varios días y no es de esperar que os acordéis con exactitud. Esas inexactitudes pueden darse fácilmente cuando no existe ningún detalle especial que ayude a grabar en la memoria la cuenta del dinero.

—Pero lo hubo, señor—dijo Seppi ansiosamente.

—¿Cuál fue, hijo mío?—preguntó el astrólogo, simulando no darle importancia.

—En primer lugar, todos nosotros contamos los montones de dinero, uno después de otro, y todos coincidimos en la misma cantidad: mil ciento seis. Pero yo, por broma, había dejado caer un ducado al empezar el recuento, y cuando terminó, lo volví a colocar con los demás, y dije: «Creo que nos hemos equivocado. Son mil ciento siete; volvamos a contarlos». Así lo hicimos, y, desde luego, yo estaba en lo cierto. Los demás se quedaron asombrados; entonces les dije lo que yo había hecho.

El astrólogo nos preguntó si era cierto, y le dijimos que sí.

—Eso deja decidida la cuestión —dijo—. Ya conozco ahora al ladrón. Mocitos, aquel dinero había sido robado.

Acto continuo se marchó de allí, dejándonos muy turbados, y preguntándonos qué significaría aquello. Lo supimos alrededor de una hora después; para entonces había corrido ya por toda la aldea la noticia de que el padre Pedro había sido encarcelado por robar al astrólogo una gran suma de dinero. Todas las lenguas andaban sueltas y activas. Aseguraban muchos que un acto semejante no correspondía al carácter del padre Pedro y que, con seguridad, se trataba de un error; pero los demás movían a un lado y otro las cabezas diciendo que la miseria y la necesidad eran capaces de arrastrar a un hombre a casi cualquier cosa. Sobre un detalle no existían diferencias; convenían todos en que el relato que había hecho el padre Pedro de la manera como el dinero había llegado a sus manos era completamente increíble; aquello resultaba imposible de toda imposibilidad. Encontrar dinero de aquella manera era cosa que podía ocurrirle al astrólogo, ¡pero jamás al padre Pedro!

Nuestro crédito empezó ahora a padecer. Éramos los únicos testigos del padre Pedro. ¿Cuánto nos habría pagado, probablemente, para que respaldásemos su fantástica invención? La gente nos interpelaba de ese modo con toda libertad y despreocupación, y cuando nosotros les decíamos que nos creyesen que sólo habíamos contado la verdad, nos dirigían toda clase de burlas. Quienes peor nos trataban eran nuestros padres. Decían éstos que estábamos deshonrando a nuestras familias; nos ordenaban que nos purgásemos de nuestra mentira, y cuando nosotros insistíamos en que habíamos dicho la verdad, su irritación no conocía límites. Nuestras madres nos abrazaban llorando y nos suplicaban que devolviésemos el dinero del soborno, para recuperar el honor de nuestro nombre y salvar a nuestras familias de la vergüenza, dando la cara y confesando honradamente. Por último, llegamos a sentirnos tan aburridos y acosados, que intentamos referirlo todo, incluyendo a Satanás y sus cosas; pero no, nos salían las palabras. Durante todo aquel tiempo nosotros esperábamos anhelábamos que viniese Satanás nos ayudase a salir de nuestros apuros; pero por ninguna parte se advertía señal alguna de él.

Una hora después que el astrólogo habló con nosotros, el padre Pedro se hallaba reducido a prisión, y dinero sellado y en manos de los funcionarios de la ley. El dinero estaba dentro de un talego, y Salomón Isaacs dijo que él no lo había tocado desde que lo contó; se le hizo jurar que se trataba del mismo dinero, que el total ascendía a mil ciento siete ducados. El padre Pedro reclamó que le juzgase un tribunal eclesiástico ; pero el otro sacerdote de la aldea, el padre Adolfo, dijo que el tribunal eclesiástico no ejercía jurisdicción sobre los sacerdotes suspendidos. El obispo respaldó su opinión. Con ello quedó definitivamente resuelto que el caso sería visto ante un tribunal civil. El tribunal tardaría algún tiempo en reunirse. Guillermo Meidling defendería al padre Pedro, poniendo todo cuanto estaba de su parte; pero nos dijo en secreto que las perspectivas eran malas porque de parte suya el caso resaltaba débil, y porque todo el poder y los prejuicios estaban de la parte contraria.

La nueva felicidad de Margarita murió de muerte rápida. Ningún amigo acudió a condolerse con ella, y a ninguno ella esperó; una carta sin firma dio por nula la invitación a la fiesta. Ya no se presentarían alumnas a recibir lecciones. ¿Cómo iba ella a pagarse el sustento? Podía permanecer en la casa, porque la hipoteca había sido levantada, aunque quien de momento tenía el dinero en la mano era el Gobierno, y no el pobre Salomón Isaacs. La vieja Úrsula, cocinera, doncella, ama de llaves, lavandera y todo cuanto había que ser para el padre Pedro, además de haber sido antaño la niñera de Margarita, dijo que Dios proveería. Pero lo dijo como producto de una costumbre, porque era una buena cristiana. Desde luego, ella se proponía colaborar en esa provisión, si hallaba manera de hacerlo.

Nosotros, los muchachos, hubiéramos querido ir a visitar a Margarita, demostrándole la amistad que sentíamos hacia ella; pero nuestros padres temían ofender a la comunidad y no nos lo permitieron. El astrólogo iba de casa en casa excitando a todos contra el padre Pedro, asegurando que era un ladrón perdido y que le había robado mil ciento siete ducados en oro. Aseguraba que por ese detalle tenía la seguridad de que el padre Pedro era el ladrón, pues correspondía exactamente a la cantidad que él había perdido y que el padre Pedro pretendía «haberse encontrado».

La tarde del cuarto día después de la catástrofe se presentó la vieja Úrsula en nuestra casa y pidió que le diesen algo que lavar, rogando a mi madre que guardase el secreto, para no herir el orgullo de Margarita, por que si ésta lo descubría, se lo prohibiría, a pesar de que a Margarita le faltaban alimentos y empezaba a debilitarse. También Úrsula llevaba ese camino, y lo dio a entender; comió todo cuanto se le ofreció, de la misma manera que una persona hambrienta. Pero no hubo modo de convencerla de que llevase a casa algunos alimentos, porque Margarita no comería nada de caridad. Se llevó algunas ropas al río para lavarlas, pero desde la ventana pudimos ver que no tenía fuerza bastante para manejar el palo; en vista en hicimos volver y le ofrecimos, dinerillo, que ella se resistía aceptar por miedo a que Margarita sospechase algo; por último, lo aceptó, diciendo que le diría que lo había encontrado en la carretera. Para que no fuese mentira y no se condenase su alma, hizo que yo lo dejase caer en la carretera mientras ella esperaba; acto seguido pasó por allí, lo encontró, lanzó exclamaciones de sorpresa y de gozo, lo recogió y se alejó de allí. Úrsula, al igual que todo el resto de la aldea, era capaz de soltar con bastante rapidez mentiras corrientes, sin tomar precaución alguna por ellas contra el fuego y el azufre; pero ésta era una mentira de nueva clase, y presentaba un aspecto peligroso, porque aquella mujer carecía de práctica. Si hubiese practicado una semana, ya no hubiera pasado ningún apuro. Así es como estamos hechos.

Yo me veía lleno de turbación, por que, ¿cómo iba a vivir Margarita? No era posible que Úrsula encontrase todos los días una moneda en la carretera; quizá ni aun siquiera podría repetir el hallazgo. Me sentía, además, avergonzado por no haberme acercado a Margarita, ahora que tan necesitada estaba de amigos; pero en eso eran mis padres quienes tenían la culpa y no yo, y no podía evitarlo.

Caminaba yo por el sendero muy descorazonado, cuando me sentí penetrado de una sensación reconfortante, alegre y cosquilleante, igual que un burbujeo, y tan alegre, que no es posible explicarlo con palabras, porque comprendí por esa señal que Satanás estaba cerca. Ya antes lo había observado. Un instante después lo tenía junto a mí, y yo le contaba todas mis dificultades y lo que había ocurrido a Margarita y a su tío. Mientras hablábamos, doblamos un recodo y vi a la vieja Úrsula descansando a la sombra de un árbol; tenía sobre el regazo una gatita flaca y vagabunda, a la que acariciaba. Le pregunté de dónde la había sacado, y ella contestó que había salido de los bosques y seguido tras ella; dijo que probablemente no tenía madre ni amigos, y que iba a llevársela a casa para cuidarla. Satanás le dijo:

—Tengo entendido que es usted muy pobre. ¿Por qué agrega usted otra boca más a la que mantener? ¿Por qué no se lo da a alguna persona rica?

Úrsula corcoveó al oír aquello y dijo:

—Quizá le agradaría a usted el quedarse con el animal. Seguramente que es usted rico, a juzgar por la finura de sus ropas y por sus aires de distinción.

Luego resopló y dijo:

—¡Dárselo a los ricos; vaya una ocurrencia! Los ricos no se preocupan de nadie sino de sí mismos; únicamente los pobres se compadecen de los pobres y los ayudan. Los pobres y Dios. Dios proveerá a las necesidades de este gatito.

—¿En qué se funda usted para creerlo ?

Los ojos de Úrsula centellearon de ira:

—¡Porque lo sé! —dijo—. Ni un gorrión cae al suelo sin que Él lo vea.

—Bien, pero cae. ¿Qué se adelanta con verlo caer?

Las mandíbulas de la vieja Úrsula se movieron; pero se hallaba tan horrorizada, que no pudo, de momento, encontrar nada que decir. Cuando al fin logró dominar su lengua, bramó:

—¡Lárguese de aquí a sus asuntos, cachorrillo, o le tentaré las costillas con un garrote!

Yo no podía hablar de tan asustado como estaba. Sabía que, de acuerdo con sus ideas acerca de la raza humana, le parecería a Satanás cosa sin importancia el dejarla allí muerta de golpe, porque «quedaban muchas más»; pero mi lengua no se movió; me fue imposible hacerle ninguna advertencia. Nada ocurrió, sin embargo; Satanás permaneció tranquilo; indiferente. Supongo que era tan imposible que Úrsula lo insultase a como es imposible que el rey se vea insultado por un escarabajo pelotero. Al pronunciar sus últimas palabras la anciana se puso en pie de un salto, y lo hizo con tanta soltura como si fuese una muchacha joven. Muchos años habían transcurrido desde la última vez que había realizado otra hazaña como aquélla. Era la influencia, de Satanás; éste, dondequiera que se presentaba, era como una brisa refrescante para los débiles y los enfermos. Su presencia afectó incluso a la gatita flaca, que saltó al suelo y comenzó a perseguir a una hoja. Aquello sorprendió a Úrsula; se quedó mirando al animal y asintió con la cabeza maravillada, olvidándose de su arrebato anterior.

—Pero ¿qué le ha pasado a este animal? —exclamó—. Hace un rato apenas si podía caminar.

—Usted no vio nunca una gatita de esa raza —dijo Satanás.

Úrsula no tenía intención de mostrarse amiga con el burlón forastero; lo miró con aspereza y le replicó:

—¿Quién le ha pedido a usted que venga aquí a molestarme?, quisiera yo saber. ¿Y de dónde le consta a usted lo que yo he visto o no he visto?

—Usted no ha visto nunca una gatita con las papilas de la lengua apuntando hacia afuera ¿verdad que no?

—No, ni usted tampoco.

—Pues bien, examine a ese gato y fíjese bien.

Úrsula se había vuelto bastante ágil, pero la gatita más aún; no le fue posible echarle mano, y tuvo que renunciar al empeño. Entonces Satanás le dijo:

—Llámela usted con un nombre, que quizá acuda.

Úrsula ensayó varios nombres; pero el animal no dio señales de interés

—Llámela usted Inés. Inténtelo.

El animalito se dio por enterado y se acercó. Úrsula le miró la lengua y dijo:

—¡Por vida mía, que es cierto! Nunca hasta ahora había yo visto un gato de esta clase. ¿Es de usted?

—No.

—¿Cómo, pues, sabe usted con tanta exactitud su nombre?

—Porque a todas las gatas de esa raza se las llama Inés; no responden a ningún otro.

Aquello impresionó a Úrsula.

—¡ Qué cosa más extraordinaria! —luego se cubrió su cara de una sombra de turbación; se habían despertado sus supersticiones, y dejó al animalito en el suelo muy a contra voluntad, diciendo—: Me imagino que tendré que dejarlo marchar; no es que me asuste, no; no es eso exactamente, aunque el cura...; la verdad, he oído decir a la gente, a mucha gente... Además, el animal está ya perfectamente y puede buscarse la vida —suspiró y se volvió para marcharse, murmurando—: Sin embargo, es muy linda; me habría servido de muy buena compañía, y la casa, en estos momentos de turbación, está muy triste y solitaria, con la señorita Margarita, tan afligida, convertida en una sombra de sí misma, y el anciano amo encerrado en la cárcel.

—Parece una lástima no guardarla —dijo Satanás.

Úrsula se volvió rápidamente, como si estuviera esperando que alguien la animase.

—¿Por qué?—preguntó ansiosamente.

—Porque esta raza trae buena suerte.

—¿Ah, sí? ¿Es eso cierto? ¿Usted, joven, sabe que eso es verdad? ¿De qué manera trae buena suerte?

—Por lo menos, trae dinero.

Úrsula pareció desilusionada.

—¿Dinero? ¿Un gato va a traer dinero? ¡Vaya una ocurrencia! Aquí no habría modo de venderla; la gente de aquí no compra gatos; cuesta incluso trabajo el que los acepten regalados.

Se dio media vuelta para marcharse.

—No me refiero a venderlo. Me refiero a que produzca ingresos. Esta clase de gatos recibe el nombre de Gatos de la Buena Suerte. El propietario de los mismos encuentra todas las mañanas en su bolsillo cuatro moneditas de plata.

Vi asomar la indignación a la cara de la anciana. Se consideró insultada. Aquel muchacho se estaba burlando de ella. Eso le pareció. Se metió las manos en los bolsillos y se irguió para soltarle una fresca. El genio se le había revuelto y estaba irritada. Abrió la boca y pronunció tres palabras de una frase agresiva; pero se calló en el acto, y la expresión de ira de su rostro se convirtió en sorpresa, asombro, temor o algo por el estilo; sacó lentamente las manos de los bolsillos, las abrió y las mantuvo en esa actitud. En una de ellas llevaba la monedita mía y en la otra veíanse cuatro moneditas de plata. Permaneció unos momentos mirándolas atónita, quizá temiendo que las moneditas de plata se evaporasen, y luego clamó con fervor:

—¡Es cierto, es cierto, y yo estoy avergonzada, y pido perdón, oh amo querido y bienhechor mío!

Se abalanzó hacia Satanás y le besó la mano una y otra vez, según es costumbre en Austria.

Allá en su corazón creía probablemente que se trataba de una gata bruja, agente del demonio; no importaba; eso le daba una certeza mayor de que cumpliría su cometido suministrando diariamente un buen pasar para la familia, porque en asuntos de finanzas hasta los más beatos de nuestros campesinos confían más en un arreglo con el diablo que con un arcángel.

Úrsula marchó para su casa llevando en brazos a Inés, y yo deseé interiormente gozar del privilegio de visitar a Margarita.

De pronto contuve la respiración, porque estábamos allí. Estábamos en la sala, y Margarita nos miraba atónita. Se hallaba débil y pálida; pero yo estaba seguro de que semejante estado no duraría hallándose dentro de la atmósfera de Satanás, como así resultó. Yo presenté a Satanás —es decir, a Felipe Traum — y tomamos asiento y conversamos. Conversamos sin cortedad. En nuestra aldea éramos gentes sencillas, y cuando un forastero resultaba persona agradable, nos amistábamos pronto con él. Margarita nos preguntó cómo había sido el entrar sin que ella nos oyese, Traum dijo que la puerta se encontraba abierta y que nosotros habíamos entrado, permaneciendo a la espera hasta que ella saliese a recibirnos. Esto no era cierto; la puerta no se encontraba abierta; nosotros habíamos entrado a través de la pared o del tejado, bajando por la chimenea, o yo no sé cómo; no importa; lo que Satanás deseaba que creyese una persona, era seguro que esa persona había de creerlo; de modo, pues, que Margarita quedó completamente satisfecha con esa explicación. En todo caso, Traum acaparaba ya la parte principal de su alma; no podía apartar de él los ojos, de tan hermoso como lo encontraba. Eso me halagó, haciéndome sentirme orgulloso. Esperé que Satanás mostrase algunas de sus habilidades, pero no lo hizo. Su único interés pareció consistir en mostrarse amigo y en decir mentiras. Contó que era huérfano. Esto hizo que Margarita se compadeciese de él. Se le cuajaron los ojos de lágrimas. Contó que no había conocido a su mamá; que ésta había fallecido cuando él era un bebé; aseguró que la salud de su papá estaba muy quebrantada, y que no tenía riqueza alguna —por lo menos, ninguna riqueza que tuviese valor en la tierra—; pero que sí tenía allá en los trópicos un tío establecido con negocios, y que éste se encontraba en muy buena posición, disfrutando de un monopolio; en fin, que era este tío el que proveía a sus necesidades. La simple mención de un tío bondadoso bastó para recordarle a Margarita el suyo, y los ojos se llenaron otra vez de lágrimas. Manifestó la esperanza de que ambos tíos llegaran algún día a conocerse. Yo me estremecí al oírla. Felipe dijo que él también lo esperaba, y eso me dio otro escalofrío.

—Quizá lleguen a conocerse —dijo Margarita—. ¿Viaja mucho el tío de usted?

—Oh, sí; viaja por todas partes; tiene negocios en todos los lugares.

Siguieron charlando de ese modo, y la pobre Margarita se olvidó por lo menos durante un rato de sus pesares. Fue aquélla probablemente la única hora alegre y satisfecha de que había gozado últimamente. Vi que Felipe le gustaba, tal como yo sabía de antemano. Cuando él le contó que estaba estudiando para el sacerdocio, pude ver que ella le quería más que nunca. Y cuando él le prometió que conseguiría que la dejaran pasar al interior de la cárcel para ver a su tío, aquello fue el coronamiento de todo. Dijo que entregaría a los guardianes un regalito, y que ella debería ir siempre después de oscurecido y que no debía decir nada, «siempre enseñar este papel y pasar adelante, y volver a enseñarlo cuando saliese». Al decirlo, garrapateó en el papel unos signos extraños y se lo entregó a la joven; ésta se mostró agradecidísima, y ya hubiera querido febrilmente que el sol se escondiese, porque antaño, en aquellos tiempos crueles, no se permitía que los presos recibiesen la visita de sus amigos, y en ocasiones permanecían muchos años encerrados sin ver jamás un rostro amistoso. Me pareció que las señales escritas en el papel eran un encantamiento y que los guardianes no sabrían lo que se hacían ni volverían nunca a recordarlo. Y, en efecto, eso fue lo que ocurrió. En ése instante asomó Úrsula a la puerta y dijo:

—Señorita, la cena está preparada.

Entonces nos vio y se pintó en su cara el temor; me hizo señal de que me acercase a ella; yo me acerqué, y me preguntó si le habíamos dicho algo acerca de la gata. Le contesté que no, y eso le produjo alivio y me suplicó que nada dijese, porque si la señorita Margarita se enteraba, creería que se trataba de un animal diabólico y mandaría venir a un sacerdote que lo purificase de sus actuales cualidades y entonces ya no produciría utilidad alguna. Le aseguré que nada diría, y ella se quedó satisfecha.

Empecé a despedirme de Margarita; pero Satanás me interrumpió y dijo con gran cortesía... Bueno; no recuerdo las palabras exactas, pero en todo caso lo que él hizo fue darse por invitado y darme también a mí por invitado para la cena. Como es natural, Margarita se sintió llena de angustia, porque no tenía razones para suponer que hubiese en casa ni la mitad de los alimentos necesarios para dar de comer a un pájaro enfermo. Úrsula oyó lo que decía y entró directamente en la habitación, muy poco satisfecha. Al principio se quedó asombrada viendo el aspecto de lozanía y el color sonrosado de Margarita, y así lo manifestó; luego habló en su idioma nativo, que era el de Bohemia, y dijo, según supe después:

—Señorita, despedidlo; no tenemos bastante comida en casa.

Antes que Margarita pudiera hablar, tomo Satanás la palabra y contestó a Úrsula en el idioma de ésta, lo que constituyó para ella y para su señorita una sorpresa. Lo que dijo fue:

—¿No la vi yo a usted hace un rato en la carretera?

—En efecto, señor.

—Eso me agrada; ya veo que usted me ha recordado —se adelantó hacia ella y le cuchicheó al oído—: Ya le dije que es una gata de la buena suerte. No pase usted apuros; ella proveerá.

Estas palabras borraron de la pizarra de los sentimientos de Úrsula toda clase de preocupaciones y en sus ojos brilló una alegría profunda de tipo financiero. El valor de la gata aumentaba. Había llegado el momento de que Margarita se diese de alguna manera por enterada de la invitación de Satanás, y lo hizo de la mejor manera, de la manera honrada que era natural en ella. Aseguró que era poco lo que tenía que ofrecer, pero que si queríamos compartirlo con ella, nos daba la bienvenida.

Cenamos en la cocina, y Úrsula sirvió a la mesa. Había en la sartén un pescado pequeño, bien frito, moreno y apetitoso; pudimos ver que Margarita no esperaba disponer de un alimento tan respetable como aquél. Úrsula lo sirvió y Margarita lo repartió entre Satanás y yo, rehusando servirse ella; empezaba a decir que no le apetecía ese día el pescado, pero no acabó la frase. Y no la acabó porque vio que había aparecido en la sartén otro pescado. Se mostró sorprendida, pero no dijo una palabra. Probablemente pensó preguntar más tarde a Úrsula qué era aquello. Le esperaban otras sorpresas: carne, caza, vinos y frutas, cosas todas que no se habían conocido durante los últimos tiempos en aquella casa; pero Margarita no dejó escapar exclamaciones y llegó incluso a no manifestar sorpresa, lo cual era, desde luego, efecto de la influencia de Satanás. Este hablaba constantemente, atendía a todo e hizo que el tiempo transcurriese de una manera agradable y alegre; aunque dijo una buena cantidad de mentiras, eso no resultaba malo en él, porque no pasaba de ser un ángel y no sabía cosa mejor. Los ángeles no distinguen el bien del mal; yo lo sabía, porque recordaba lo que él había dicho a ese respecto. Insistió en el lado bueno de Úrsula. Se la elogió a Margarita, de una manera confidencial, pero hablando en voz lo bastante alta para que Úrsula le oyese. Dijo que era una muchacha excelente y que esperaba poder algún día juntarlos a. ella y a su propio tío.

Úrsula no tardó en empezar a hacer remilgos y a sonreírse bobaliconamente de una manera ridícula, haciéndose la jovenzuela, planchando con la mano su vestido y contoneándose lo mismo que una vieja gallina loca, simulando en todo ese tiempo que no oía lo que Satanás estaba diciendo. Yo me sentí avergonzado, porque de esa manera nos presentaba tal cual Satanás pensaba de nosotros, es decir, que somos una raza idiota y trivial. Satanás dijo que su tío daba muchas fiestas, y que si tuviese una mujer inteligente para presidirlas, duplicaría con ello los atractivos de su casa.

—Pero el tío de usted es un caballero, ¿no es cierto? —preguntó Margarita.

—Sí —dijo Satanás sin darle importancia—; hay quienes incluso, y por puro cumplido, lo tratan de príncipe; pero él no tiene nada de exclusivista; para él sólo existe el mérito personal, y nada significa el rango.

Yo tenía la mano colgando a un lado de mi silla; se me acercó Inés y me lamió; esa acción sirvió para revelar un secreto. Sentí impulsos ,de decir: «Todo ha sido un error; ésta es una gata corriente y moliente; los pelillos de su lengua tienen la punta hacia dentro, no hacia fuera». Pero no me salieron las palabras, porque no podían salirme. Satanás me miró sonriente y yo comprendí.

Llegada la noche, Margarita puso alimentos, vino y frutas en un cestillo y corrió a la cárcel, mientras Satanás y yo íbamos camino de casa. Yo iba pensando para mis adentros que me gustaría ver cómo era la cárcel por dentro; Satanás oyó ese pensamiento mío, y un instante después nos encontrábamos dentro de la cárcel. Satanás me dijo que aquélla era la cámara de los tormentos. Allí estaba el potro, y allí se veían otros instrumentos de tortura; también colgando de las paredes un par de linternas humeantes, que contribuían a dar al lugar un aspecto tenebroso y terrible. Véianse allí algunas personas —los verdugos—; pero como nadie se fijó en nosotros, comprendí que éramos invisibles. Atado al potro estaba un joven; Satanás dijo que se sospechaba que era un hereje, y los verdugos se preparaban a averiguarlo. Conminaron al hombre a que confesase la verdad de la acusación, y él dijo que no podía hacerlo porque no era verdad. En vista de ello procedieron a meterle pequeñas astillas por debajo de las uñas y lanzó alaridos de dolor. Satanás no dio muestras de turbación; pero yo no pude resistirlo y hubo necesidad de sacarme rápidamente de allí. Estaba débil y mareado; pero el aire fresco me reavivó, y caminamos hacia mi casa. Yo dije que aquello era una brutalidad.

—No; eso es una cosa propia de hombres. No debes ofender a los brutos aplicándoles malamente la palabra brutalidad, porque no se lo merecen —siguió expresándose en ese tono—. Así es vuestra raza miserable. No hace otra cosa que mentir, jactándose siempre de virtudes de que carece y negándoselas a los animales de tipo más elevado, que son los que, en efecto, las poseen. Ningún bruto comete jamás una crueldad. La crueldad es monopolio de quienes poseen el sentido moral. Cuando un bruto inflige un dolor, lo hace de un modo inocente, no comete una mala acción; para el bruto no existe el mal. Y tampoco inflige dolor por el puro gusto de infligirlo. Eso lo hace únicamente el hombre, ¡inspirado por ese ruin sentido moral suyo! La función de este sentido consiste en distinguir entre el bien y el mal, con libertad de elegir entre los dos para actuar. ¿Qué ventaja puede producir eso? El hombre se pasa la vida eligiendo, y en nueve de cada diez casos opta por el mal. No debería existir el mal, y si no fuese por el sentido moral, no existiría. Pero, con todo eso, el hombre es una criatura tan irracional que no alcanza a darse cuenta de que el sentido moral lo rebaja hasta el plano inferior de los seres animados y constituye una facultad vergonzosa. ¿Te sientes ya mejor? Pues entonces voy a mostrarte algo.

Capítulo VI

Un instante después nos encontrábamos en una aldea de Francia. Cruzamos por una gran fábrica de no sé qué, en la que había hombres, mujeres y niños que trabajaban en medio del calor, de la suciedad y de una nube de polvo, y estaban, además, vestidos de harapos y cargados de espaldas sobre su trabajo, porque estaban agotados y hambrientos, débiles y entontecidos. Satanás dijo:

—Aquí tienes un ejemplo del sentido moral. Los propietarios son ricos y muy religiosos; pero el jornal que pagan a estos pobres hermanos y hermanas suyos alcanza únicamente para impedir que se caigan muertos de hambre. Las horas diarias de trabajo son catorce, invierno y verano, desde las seis de la mañana hasta las ocho de la noche. Los niños pequeños, lo mismo que los demás. Y tienen además que ir y venir desde las pocilgas en que viven (cuatro millas de ida y cuatro de vuelta), un año sí y otro también, por entre el barro y el fango, la nieve, la cellisca, la tormenta, diariamente. Disponen de cuatro horas para dormir. Viven juntos, como una jauría de perros, tres familias en cada habitación, en medio de una suciedad y un hedor inimaginables; llega una epidemia y mueren como moscas. ¿Han cometido algún crimen estos seres sarnosos? No. ¿Qué han hecho para verse castigados de ese modo? Nada en absoluto, salvo el haber nacido como individuos de vuestra estúpida raza. Has visto cómo tratan allí, en la cárcel, a un delincuente, y aquí ves como tratan a los inocentes y a los honrados. ¿Hay lógica en esa raza tuya? ¿Salen mejor librados estos inocentes malolientes que aquel hereje? Desde luego que no; el castigo del hereje es una futesa comparado con el de los inocentes. Después que nosotros nos marchamos de la cárcel, lo descoyuntaron en el potro y lo trituraron hasta dejarlo reducido a pedazos y a pulpa; ha muerto ya, liberándose así de vuestra inapreciable raza; pero estos pobres esclavos de aquí llevan años muriéndose, y a algunos de ellos les quedan todavía años durante los cuales no podrán huir de sus vidas. El sentido moral es el que enseña a los propietarios de la fábrica cuál es la diferencia entre el bien y el mal, y a la vista tienes el resultado. Se creen mejores que los perros. ¡Qué raza más falta de lógica y de razón la vuestra! ¡Qué raza más ruin, sí, qué indeciblemente ruin!

Y a continuación, renunciando a hablar en serio, se excedió a sí mismo haciendo mofa de nosotros, burlándose del orgullo que sentimos por nuestras hazañas guerreras, nuestros grandes héroes, nuestros hombres de fama imperecedera, nuestros reyes poderosos, nuestras aristocracias añejas, nuestra Historia venerable. Y se reía a carcajadas y carcajadas, hasta el punto de que yo me sentía enfermo de oírle; finalmente, se moderó un poco y dijo:

—Después de todo, la cosa no es completamente ridícula, está revestida de una especie de patetismo cuando uno recuerda qué escasos son los días de vuestras vidas, qué infantiles vuestras pompas, y que, en suma, no sois otra cosa que sombras.

De pronto, desaparecieron de mi vista todas las cosas, y yo me di cuenta de lo que aquello significaba. Un instante después nos paseábamos por nuestra aldea; a lo lejos, en dirección al río, vi centellear las luces del Ciervo de Oro. De pronto oí un grito gozoso en la oscuridad:

—¡Ya ha venido otra vez!

Era Seppi Wohlmeyer. Había sentido que la sangre corría a saltos por sus venas y que su ánimo se exaltaba de un modo que sólo podía significar una cosa; comprendió que Satanás estaba cerca, a pesar de que la oscuridad le impedía verlo. Vino hacia nosotros y paseamos juntos, mientras Seppi dejaba escapar sus votos, lo mismo que una fuente de agua. Era como si el muchacho hubiese sido un enamorado que acabase de encontrar a la amada de su corazón, que se había extraviado. Seppi era un muchacho serio y entusiasta, dotado de animación y de expresividad, que contrastaba con la manera de ser de Nicolás y con la mía. En ese momento se hallaba embebido hasta rebosar del último suceso misterioso, a saber: La desaparición de Hans Oppert, el vagabundo de la aldea.

—La gente —nos dijo Seppi— empezaba a sentir curiosidad por esa desaparición.

No dijo que la gente sentía ansiedad —la palabra exacta fue curiosidad, y aun ésa resultaba bastante fuerte—. Nadie había visto a Hans durante dos días.

—La verdad es que no lo han visto desde que realizó aquel acto brutal —dijo Seppi.

—¿Qué acto brutal? —la pregunta había partido de Satanás.

—Pues veréis: Hans da constantemente de garrotazos a su perro, un perro bondadoso, su único amigo, un animal lleno de lealtad, que lo quiere a él y que jamás hace daño a nadie; hace dos días volvió a pegarle, por nada, por puro gusto, y el perro aullaba y gemía. Teodoro y yo le suplicamos también; pero Hans nos amenazó y volvió a apalear al perro con todas sus fuerzas hasta que le saltó un ojo. Entonces nos dijo: «Ahí tenéis; espero que ahora estaréis satisfechos; eso es lo que habéis conseguido para el perro con vuestro condenado entremetimiento». Y se echó a reír el bruto cruel.

La voz de Seppi temblaba de compasión y de ira. Yo barrunté lo que Satanás iba a decir, y lo que dijo, en efecto:

—Otra vez nos sale al paso la equivocada palabra, esa calumnia miserable.

No son los brutos los que actúan de ese modo, son únicamente los hombres.

—Bueno; la verdad es que fue una acción inhumana.

—No, Seppi, no lo fue; fue una acción humana, característicamente propia de hombres. No resulta agradable oír cómo calumnias a los animales superiores atribuyéndoles disposiciones de las que se encuentran libres, y que únicamente pueden encontrarse en el corazón de los hombres. Ninguno de los animales superiores se encuentra inficionado con la enfermedad llamada el sentido moral. Seppi, purifica tu lengua; renuncia a emplear esas frases embusteras.

Satanás hablaba con mucha severidad, impropia de él, y a mí me pesó el no haber advertido a Seppi que tuviese más cuidado con las palabras que empleaba. Me daba cuenta de cuáles eran en ese momento los sentimientos del muchacho. Seppi no hubiera querido ofender a Satanás; habría preferido mejor ofender a toda su propia raza. Hubo un momento de silencio desasosegado, pero pronto nos llegó el alivio; aquel pobre perro se nos acercó con el ojo colgando y fue derecho a Satanás; empezó a gemir y a murmurar de un modo entrecortado, y Satanás empezó a contestarle de idéntica manera, siendo evidente que ambos conversaban en el lenguaje de los perros.

Nos sentamos todos en el césped, a la luz de la luna, porque las nubes se estaban desgarrando, y Satanás colocó sobre sus rodillas la cabeza del perro, volviendo a colocarle el ojo en su lugar; el perro se sintió bien, movió la cola, lamió la mano de Satanás, adoptó una expresión de gratitud y le dio salida en su lenguaje; aunque yo no entendía las palabras, comprendía lo que el perro estaba diciendo. Acto continuo, hablaron los dos un poco, y Satanás dijo:

—Dice que su amo estaba borracho.

—Sí, lo estaba—dijimos nosotros.

—Y que una hora después se despeñó por el precipicio que hay más allá de la dehesa del Peñascal.

—Conocemos ese lugar; dista de aquí tres millas.

—El perro ha estado muchas veces en la aldea, suplicando a la gente que fuese hasta allí; pero se limitaron a ahuyentarlo, sin querer atender a lo que decía.

Nosotros nos acordamos de que eso era, en efecto, verdad; pero no habíamos comprendido lo que el perro quería.

—Lo único que el perro quería era llevar ayuda al hombre que le había maltratado; únicamente pensó en eso, y ni ha comido mientras tanto ni ha buscado alimento. Ha montado la guardia junto a su amo durante dos noches. ¿Qué pensáis ahora de vuestra raza? ¿Es que está reservado el cielo para ella, mientras que al perro le está prohibida la entrada, según os enseñan vuestros maestros? ¿Es capaz vuestra raza de añadir nada al catálogo de normas morales y de generosidades de este perro? —Satanás habló al perro, y éste saltó lleno de felicidad y de ansiedad, en apariencia esperando órdenes, impaciente por ejecutarlas—. Id en busca de algunos hombres; acompañad al perro, él os enseñará dónde se encuentra aquel miserable; llevad con vosotros a un sacerdote para disponer todo lo relativo al seguro, porque la muerte está cerca.

Al pronunciar la última palabra, se desvaneció, con gran dolor y desilusión nuestra. Buscamos a algunos hombres y al padre Adolfo y presenciamos la muerte de aquel hombre. A nadie le importó nada que muriese, salvo al perro; éste dio señales de dolor y de sentimiento, lamió la cara del difunto y no hubo modo de consolarlo. Enterramos el cadáver en el mismo lugar, sin féretro, porque no tenía dinero ni más amigos que el perro. Si hubiésemos llegado una hora antes, el sacerdote habría dispuesto de tiempo para enviar al pobre hombre al cielo, pero ahora había ido a los fuegos tremendos del infierno, para quemarse allí por toda la eternidad. Daba verdadera pena pensar que en un mundo donde son tantas las personas que no saben cómo matar su tiempo, no se dispusiese de una horita en favor de aquel pobre individuo que tanto la necesitaba, y para el que esa hora equivalía a la diferencia que existe entre la felicidad eterna y el dolor eterno. Eso daba una idea abrumadora del valor de una hora; me pareció que ya no podría yo perder una sola en mi vida sin sentir remordimiento y terror.

Seppi se hallaba muy deprimido y pesaroso; dijo que era mucho mejor ser perro y no correr unos riesgos tan espantosos. Nos llevamos al perro a casa y lo guardamos como nuestro. Mientras caminábamos, tuvo Seppi un pensamiento admirable, que nos alegró y nos hizo sentirnos mucho más satisfechos. Dijo que el perro había perdonado al hombre que tanto daño le había hecho y que quizá Dios aceptaría como buena esa absolución.

Vino tras esto una semana muy aburrida, porque Satanás no se nos presentó. No ocurría nada de importancia y nosotros los muchachos no podíamos arriesgarnos a ir de visita a casa de Margarita, porque eran noches de luna y si lo intentábamos podrían descubrirlo nuestros padres. Pero tropezamos un par de veces con Úrsula, que se paseaba por los prados del otro lado del río para que su gata se airease; por ella supimos que todo marchaba admirablemente. Vestía ropas elegantes y nuevas y todo su aspecto era de prosperidad. Las cuatro monedas de plata diarias le llegaban sin interrupción, pero no necesitaba gastarlas en comprar alimentos, vino y otras cosas por el estilo, porque la gata se cuidaba de todo eso.

Margarita llevaba su abandono y aislamiento bastante bien, tomado todo en consideración, y estaba animosa gracias a la ayuda de Guillermo Meidling. La joven pasaba todas las noches una o dos horas en la cárcel con su tío, y había engordado a éste gracias a las aportaciones de la gata. Pero sentía curiosidad por saber más cosas acerca de Felipe Traum, y esperaba que yo volviese con él a la casa. Úrsula también sentía curiosidad por Felipe, y nos hizo muchas preguntas referentes a su tío. Los muchachos se rieron muchísimo, porque yo les había contado las paparruchas con que Satanás le había atiborrado el cerebro. No logró que nuestras contestaciones la dejasen satisfecha, porque nuestras lenguas estaban atadas.

Úrsula nos proporcionó una pequeña noticia: como ahora abundaba el dinero, había tomado un criado que la ayudase en las labores de la casa y le hiciese los recados. Intentó darnos esa noticia como cosa corriente y sin importancia, pero el hecho le producía tal orgullito y engreimiento, que éstos se le transparentaron con toda claridad. Era cosa magnífica el contemplar cómo disimulaba la satisfacción que le producían tales grandezas, ¡pobrecita!; pero cuando nosotros oímos el nombre del criado, nos preguntamos si Úrsula había procedido con absoluta prudencia; aunque nosotros éramos jóvenes, y poco reflexivos muchas veces, teníamos en ciertos asuntos una percepción bastante buena. El tal criado era el muchacho Gottbrield Narr; era éste un pobre ser de cortos alcances y bondadoso, sin que pudiera decirse nada malo de él ni ponérsele ninguna tacha personal; sin embargo, existían recelos acerca de él, y con razón, porque aún no hacía seis meses que había caído sobre su familia una vergüenza y una deshonra de tipo social: porque su abuela había sido quemada por bruja. Cuando corre por la sangre de una familia esa clase de enfermedad, no siempre se cura quemando a una sola persona. No eran aquéllos momentos como para que Úrsula y Margarita anduviesen en relaciones con un miembro de semejante familia, porque durante el último año el terror a las brujas había estallado con una violencia jamás alcanzada hasta entonces, según el recuerdo de los aldeanos más viejos. Bastaba la simple mención de una bruja para que todos desvariásemos casi de espanto. Era natural, porque en los últimos años se habían visto más clases de brujas que las corrientes; antaño la bruja era simplemente una mujer vieja, pero en los últimos años las había habido de todas las edades, incluso niñas de ocho y de nueve años; las cosas se ponían de tal manera, que cualquiera podía resultar un buen día familiar del diablo, sin que tuvieran que ver con ello la edad y el sexo. Habíamos intentado en nuestra pequeña región extirpar las brujas, pero cuantas más quemábamos, más se multiplicaba esa raza.

Cierta vez, y en una escuela para niñas que sólo distaba diez millas de nuestra aldea, descubrieron las maestras que una de las niñas tenía la espalda completamente roja e inflamada y se asustaron muchísimo, creyendo que aquéllas eran las marcas del diablo. La niña también se asustó, suplicándoles que no la denunciasen y asegurando que sólo se trataba de pulgas; pero, como es natural, no era posible dejar en ese estado el asunto. Se pasó revista a todas las niñas, y se encontró que de cincuenta había once malamente marcadas, y las demás un poco menos. Se nombró una comisión, pero las once se limitaron a pedir llorando que las llevasen a donde estaban sus mamas, negándose a confesarse culpables. Entonces las encerraron, separadas unas de otras, en cuartos oscuros, dándoles únicamente a comer durante diez días y diez noches pan negro y agua; al cabo de ese tiempo aparecieron macilentas y desatinadas, con los ojos secos, y ya no volvieron a llorar, limitándose a permanecer sentadas y a mover sus bocas, sin querer tomar alimento. Por último, una de las muchachas confesó y aseguró que ella había cabalgado con frecuencia por los aires montada en escobas hasta el aquelarre sabatino de las brujas, en un lugar solitario en lo alto de las montañas, y que allí había bailado, bebido y celebrado orgías con varios centenares de brujas y con el Malo, habiéndose portado todas de manera escandalosa, injuriando a los sacerdotes y blasfemando de Dios. Eso es lo que dijo la niña, no en forma narrativa, porque era incapaz de acordarse de ninguno de aquellos detalles sin que antes se los fuesen trayendo a la memoria, uno después de otro; pero eso es lo que hizo la comisión, cuyos miembros sabían muy bien las preguntas que tenían que hacer, porque desde dos siglos antes estaba redactado el cuestionario para uso de los miembros de los tribunales de brujas. Ellos preguntaban: «¿Hiciste esto y lo otro?», y la interesada contestaba siempre que sí, con expresión de aburrimiento y de fatiga y sin el menor interés en el interrogatorio. Por eso, cuando las otras diez niñas se enteraron de que su compañera había confesado, confesaron también y contestaron sí a todas las preguntas. Acto continuo, fueron quemadas todas en el poste, cosa muy justa y puesta en razón, y de todo el país acudieron gentes a presenciar el acto.

Yo acudí también; pero cuando vi que una de ellas era una muchachita dulce y bonachona, con la que yo solía jugar, y la vi encadenada al poste de una manera lastimosa y a su madre llorando sobre ella y comiéndosela a besos agarrada a su cuello, gritando: «¡Oh Dios mío, oh Dios mío!», me pareció tan horrendo, que me alejé de allí.

Cuando quemaron a la abuela de Gottfrield hacía un tiempo crudísimo. Se la acusó de que había curado jaquecas sobando con sus dedos la cabeza y el cuello del paciente —según ella dijo—; pero la verdad era, según dijeron todos, que había curado las jaquecas con ayuda del diablo. Iban a examinarle el cuerpo, pero ella se lo prohibió y confesó sin más que aquel poder le venía del diablo. Señalaron, pues, la mañana siguiente, a una hora temprana, para quemarla en la plaza del mercado. El primero en llegar fue el funcionario que tenía que preparar el fuego, y lo preparó. Luego llegó ella, conducida por los corchetes, que la dejaron allí y marcharon a traer a otra bruja. La familia no la acompañó en aquel trance, porque si la concurrencia se excitaba, quizá los habría injuriado y hasta apedreado. Yo me acerqué y le di una manzana. La anciana estaba acurrucada junto al fuego, calentándose y esperando; tenía sus pobres labios y manos amoratados de frío. Se acercó luego un forastero. Era un caminante que pasaba por allí; habló a la vieja con cariño, y viendo que no había cerca nadie más que yo, dijo que la compadecía. Le preguntó si era cierto lo que había confesado, y ella le contestó que no. El hombre se mostró sorprendido y más pesaroso todavía, y preguntó:

—¿Por qué confesó usted, pues?

—Soy anciana y muy pobre —dijo— y trabajo para ganarme la vida. No había otro recurso que confesar. Si yo no hubiese confesado quizá me hubiesen puesto en libertad. Ello habría equivalido para mí a la ruina, porque nadie habría olvidado que yo había sido sospechosa de brujería; nadie me habría dado ya trabajo, y a cualquier casa que me acercase me habrían echado los perros. Antes de poco me moriría de hambre. Es preferible el fuego; el hambre no es rápida. Vosotros dos os habéis mostrado bondadosos conmigo, y os doy las gracias.

Se acercó aún más al fuego y extendió sus manos para calentárselas; los copos de nieve caían con suavidad y lentitud sobre su vieja cabeza blanca, blanqueándosela todavía más. Ya para entonces se estaba congregando la multitud; alguien arrojó con violencia un huevo, que dio a la vieja en un ojo, se rompió y su contenido le corrió por la cara. Aquello provocó una carcajada.

Referí a Satanás todo lo relativo a las once niñas y a la vieja en cierta ocasión, pero mi relato no le produjo efecto alguno. Se limitó a decir que eran cosas de la raza humana y que ninguna importancia tenía lo que esa raza pudiera hacer. Me dijo además que él había sido testigo presencial; que la raza humana no había sido creada de la arcilla; que había sido formada del barro, por lo menos, una parte de esa raza. Comprendí que se refería al sentido moral. Satanás vio el pensamiento en mi cerebro, y eso le cosquilleó, haciéndole soltar la carcajada. Acto continuo llamó a un buey que estaba pastando, lo acarició y le habló, y luego dijo:

—Ahí tienes; éste no volvería locas de hambre y de espanto y de soledad a unas niñas, para luego quemarlas por haber confesado cosas inventadas para sugerírselas y que jamás habían ocurrido. Tampoco destrozaría los corazones de pobres ancianas inocentes, aterrorizándolas hasta hacerlas perder toda su confianza en los individuos de su propia raza, y tampoco las insultaría en su agonía mortal. Porque este buey no está mancillado con el sentido moral, sino que es como los ángeles, desconoce el mal y nunca lo practica.

A pesar de ser tan encantador, Satanás sabía hablar de un modo cruelmente insultante cuando le parecía bien, y hablaba de ese modo siempre que se le llamaba la atención sobre la raza humana. Al oírla mencionar alzaba desdeñoso la nariz y jamás tenía para ella una palabra cariñosa.

Pues bien, y como iba diciendo: nosotros los muchachos sentimos dudas de si Úrsula había elegido bien el momento de tomar como criado a un miembro de la familia Narr. Estábamos en lo cierto. Cuando la gente se enteró, se mostró naturalmente indignada. Además, si Margarita y Úrsula no tenían bastante para comer ellas mismas, ¿de donde procedía el dinero necesario para dar de comer a otra boca? Eso era lo que querían saber, y para averiguarlo dejaron de evitar el trato de Gottfrield y comenzaron a buscar su compañía y a conversar amistosamente con él. El muchacho se sintió complacido —porque no receló nada malo ni vio tampoco la trampa que se le tendía— y se expresó con toda inocencia, no mostrando mayor discreción que la de una vaca.

—¿Dinero? —dijo—. Lo tienen en abundancia. Me pagan dos moneditas de plata a la semana, además de la manutención. Os aseguro que comen de lo bueno, y que ni el príncipe mismo tiene su mesa mejor provista.

Afirmación tan asombrosa fue llevada por el astrólogo al padre Adolfo cierto domingo por la mañana, cuando regresaba a casa después de decir misa. El sacerdote se sintió profundamente afectado, y dijo:

—Será preciso investigar este asunto,

Aseguró que en el fondo de aquello existía seguramente brujería, y ordenó a los aldeanos que reanudasen sus relaciones con Margarita y con Úrsula de una manera particular y sin ostentación, pero que abriesen bien los ojos. Les dijo que se guardasen lo que viesen y que no despertasen sospechas entre la gente de la casa. Al principio los aldeanos se mostraron reacios a entrar en un lugar tan terrible; pero el sacerdote les aseguró que mientras estuviesen dentro de la casa gozarían de su protección y no les ocurriría daño alguno, especialmente si llevaban con ellos un poco de agua bendita y tenían a mano sus rosarios y sus cruces. Con esto se sintieron tranquilos y dispuestos a ir; las personas más bajunas se sintieron incluso acuciadas por la envidia y la maldad para esas visitas.

De modo, pues, que la pobre Margarita volvió a gozar de compañía, sintiéndose satisfecha como una gata. Era una mujer como casi todas las demás, es decir, que tenía las condiciones humanas, sintiéndose feliz en los momentos de prosperidad y algo inclinada a hacer un poco gala de los mismos; se sintió humanamente satisfecha de que la gente la tratase con cariño y de que sus amigas y la aldea toda volviese a dedicarle sus sonrisas, porque quizá el verse abandonada de sus convecinos y dejada en desdeñosa soledad es la cosa más dura de soportar.

Se vinieron al suelo las barreras, y todos podíamos ir a casa de Margarita, como en efecto fuimos, los padres y todos, un día tras otro. La gata comenzó a dar de si cuanto podía. Ella proveía con lo mejor de lo mejor para aquellas visitas, y proveía en abundancia, incluso muchos platos y clases de vino de los que aquella gente no había probado hasta entonces y que ni siquiera conocía de nombre, como no fuese de segunda mano y de la boca de los criados del príncipe. También la vajilla era superior a la corriente.

Había ocasiones en que Margarita llegaba a turbarse y acosaba con preguntas a Úrsula hasta hacerse pesada; pero Úrsula defendía su terreno, se aferraba a que era cosa de la Providencia, y para nada mencionaba a la gata. Margarita sabía que nada es imposible para la Providencia, pero no podía evitar que la asaltasen ciertas dudas de que este esfuerzo venía de allí, aunque sentía miedo de decirlo, por temor a que naciese de allí un desastre. Se le ocurrió que quizá fuese cosa de brujería, pero apartó de sí ese pensamiento, porque todo aquello ocurría antes que Gottfrield entrase a servir en la casa y porque le constaba que Úrsula era mujer piadosa y que odiaba profundamente a las brujas. Para cuando llegó Gottfrield a la casa ya había quedado establecido que la cosa era obra de la Providencia; no había posibilidad de echar de su posición a la Providencia, y era ésta la que se ganaba todo el agradecimiento. La gata no murmuraba e iba y venía muy tranquila, mejorando el estilo y la prodigalidad de sus dones a medida que ganaba en experiencia.

En toda comunidad, grande o pequeña, existe siempre una proporción bastante importante de personas que no son por naturaleza ni ruines ni desagradecidas, y que jamás hacen nada desagradable salvo cuando se sienten atosigadas por el miedo o cuando su propio interés se ve en gran peligro, o por alguna otra razón parecida. La aldea de Eseldorf tenía su proporción de esta clase de personas, cuya influencia bondadosa y benévola se dejaba sentir de ordinario; pero aquéllos no eran tiempos ordinarios —debido al terror de las brujas—; de modo, pues, que parecía que no habían quedado corazones bondadosos y compasivos de quienes poder hacer mención.

Todo el mundo se hallaba aterrado ante el inexplicable estado de cosas de la casa de Margarita, no dudaba que en el fondo el asunto era cuestión de brujería, y el pánico los tenía enloquecidos. Como es natural, había quienes sentían compasión de Margarita y de Úrsula pensando en el peligro que las amenazaba; pero también, como es natural, no lo decían, porque el hablar no era prudente. Por ello los demás campaban por sus respetos y nadie previno a la ignorante joven y a la estúpida mujer ni les aconsejó que variasen de conducta. Nosotros los muchachos habríamos querido prevenirlas, pero el miedo hacía que nos echásemos atrás cuando llegaba el instante. Nos parecía que no éramos lo bastante varoniles ni valerosos para realizar una acción generosa si ésta podía meternos en apuros. Ninguno de nosotros confesó esta pobreza de ánimo a los demás; hicimos lo que los demás habrían hecho: dejar el tema y hablar de cualquier otra cosa.

Yo sabía que todos nosotros experimentábamos la sensación de cometer una ruindad comiendo y bebiendo los manjares y bebidas delicados de Margarita con aquella concurrencia de espías, mimándola y felicitándola junto con los demás y viendo avergonzados lo estúpidamente feliz que ella era, sin decirle una sola palabra para ponerla en guardia. Porque en verdad que Margarita era feliz, sentíase tan orgullosa como una princesa y estaba satisfechísima de contar nuevamente con amigos y amigas. Y durante todo ese tiempo los que la visitaban eran todo ojos para espiar y para luego contar al padre Adolfo lo que habían visto.

Pero el padre Adolfo no sacaba nada en limpio. Con seguridad que en aquella casa había algún encantador, pero ¿quién era? A Margarita no la habían sorprendido en ninguna prestidigitación, ni a Úrsula, ni siquiera a Gottfrield; y, sin embargo, allí jamás escaseaban los vinos y los manjares delicados y cualquier cosa que se le ocurriese pedir a uno de los invitados, érale servida. Cosa corriente en brujas y encantadores era el producir esos efectos. Esa parte del asunto no resultaba nueva; pero el realizarlo sin fórmulas de encantamientos y hasta sin retumbos, terremotos, rayos o apariciones, era lo nuevo, desconocido y completamente anormal. En los libros no se leía cosa parecida. Las cosas que eran producto de encantamientos carecían siempre de realidad. En una atmósfera libre de hechizos, el oro se convertía en polvo, los alimentos se esfumaban y desvanecían. Los espías trajeron muestras. El padre Adolfo oró sobre ellas y las llenó de exorcismos, pero sin provecho alguno; siguieron siendo cosas tangibles y reales, sometidas únicamente al deterioro natural, y tardaban lo que era corriente en echarse a perder.

No solamente se encontraba el padre Adolfo desconcertado, sino también irritado; porque estas pruebas casi lo convencieron —allá en su interior— de que no se trataba de artes de brujería. Pero no lo convencieron tampoco del todo, porque bien pudiera tratarse de hechicerías de una clase nueva. Había una manera de ponerlo en claro: si aquella pródiga abundancia de provisiones no entraba en la casa procedente del exterior, sino que se producía dentro de la misma, no cabía duda de que era cosa de brujería.

Capítulo VII

Margarita anunció que iba a dar una fiesta, e invitó a cuarenta personas; la fecha sería siete días después. Aquella era una oportunidad magnífica. La casa de Margarita se levantaba aislada de las demás y resultaba fácil establecer una vigilancia. Fue, pues, vigilada noche y día durante toda la semana. Las personas de la casa de Margarita entraban y salían como de ordinario, pero no llevaban nada en la mano, y ni ellas ni otras personas trajeron nada a la casa. Todo eso fue comprobado. Era evidente que no se habían llevado raciones para cuarenta personas. Si a éstas se les daba algún alimento, éste había tenido por fuerza que ser confeccionado dentro de la misma casa. Es cierto que Margarita salía todas las noches con una canastilla, pero los espías comprobaron que cuando regresaba a casa la canastilla estaba vacía.

Los invitados llegaron al mediodía y llenaron la casa. Vino después de ellos el padre Adolfo, y, poco después sin haber sido invitado, llegó el astrólogo. Los espías le habían informado de que ni por la parte delantera ni por la parte de atrás de la casa habían entrado paquetes de ninguna clase.

El astrólogo entró en la casa y se encontró con que todos comían y bebían de lo fino, y de que la fiesta seguía adelante de una manera alegre y bulliciosa. Miró a su alrededor y vio que muchos de los buenos bocados y toda la fruta del país y extranjera, a pesar de ser artículos marchitables, estaban en perfecto estado de frescura. Allí no había apariciones, encantamientos ni truenos. El problema estaba sentenciado. Aquello era hechicería. No sólo eso, sino que era hechicería de nueva clase; de una clase jamás soñada hasta entonces, Allí había un poder prodigioso, un poder mágico. Decidió descubrir el secreto. El anuncio de una cosa semejante resonaría por el mundo todo, alcanzaría a los países más remotos, paralizaría de asombro a todas las naciones y llevaría su nombre a todas partes, haciéndolo famoso eternamente. ¡Qué suerte maravillosa, qué suerte prodigiosa! Sólo con pensar en gloria semejante se mareaba.

Toda la concurrencia le abrió paso; Margarita le ofreció cortésmente asiento; Úrsula ordenó a Gottfrield que trajese una mesa especial para el astrólogo. Luego le puso ella misma los manteles y el servicio y le preguntó que era lo que quería.

—Tráigame usted lo que bien le parezca—dijo el astrólogo.

Los dos criados le trajeron cosas que había en la despensa, y, al mismo tiempo, le trajeron vino blanco y vino tinto, una botella de cada clase. El astrólogo, que probablemente no había visto en su vida cosas tan finas, se escanció un cubilete de vino tinto, se lo bebió, se escanció otro y empezó a comer con buen apetito.

Yo no esperaba ver allí a Satanás; hacía más de una semana que ni le había visto ni había oído hablar de él; pero, de pronto, se presentó; yo lo advertí por la sensación de siempre, aunque no podía verlo a causa de la concurrencia que se interponía entre nosotros. Le oí excusarse por aquel estremecimiento; ya iba a retirarse, pero Margarita le instó a que se quedase, y entonces Satanás le dio las gracias y se quedó.

Margarita lo fue llevando por todas partes, presentándolo a las muchachas, a Meidling y a algunas de las personas mayores. Se oyeron por todas partes cuchicheos:

—Es el joven forastero del que tanto hemos oído hablar y al que no hemos podido poner la vista encima, porque casi siempre está fuera.

—¡Válgame Dios, querida, y qué hermoso es! ¿Cómo se llama?

—Felipe Traum.

—¡Qué bien le sienta ese apellido! —téngase en cuenta que Traum quiere decir, en alemán, ensueño— ¿En qué se ocupa?

—Dicen que estudia para sacerdote.

—Lleva la fortuna en su cara; ése llegará a cardenal.

Y así por el estilo. Se ganó en el acto las simpatías; todos estaban ansiosos de que se lo presentasen y de hablar con él. Todos advirtieron de pronto la temperatura agradable y reconfortante que allí reinaba y se preguntaban la causa, porque veían por sus propios ojos que en el exterior de la casa el sol daba igual que antes y que el cielo se hallaba limpio de nubes, pero nadie adivinaba, como es natural, la verdadera razón.

El astrólogo había bebido su segundo cubilete y se escanció otro más. Luego dejó la botella encima de la mesa y de una manera casual la volcó. Sujetó la botella antes que se hubiese vertido mucho líquido y la levantó para mirar al trasluz, diciendo:

—¡Qué lástima! Es un vino de reyes.

Y de pronto, su cara se iluminó de alegría, o de sensación de triunfo, o de lo que fuese, y exclamó:

—¡Rápido! Traed una gran fuente.

Se le trajo una en que cabía un galón. Levantó la botella de dos pintas y empezó a verter vino, y siguió vertiendo, mientras el rojo líquido caía glogloteando y saltando dentro de la blanca fuente, subiendo cada vez más de nivel por sus costados, mientras todo el mundo lo contemplaba con el aliento en suspenso, hasta que la fuente se llenó hasta los bordes.

—¡Fijaos en la botella!—dijo manteniéndola en alto—. ¡ Sigue estando llena!

Yo miré a Satanás y en ese mismo instante desapareció. Entonces se puso en pie el padre Adolfo, sonrojado v lleno de excitación, se santiguó y empezó a decir con su voz tonante:

—¡Esta casa está embrujada y maldita!

La concurrencia empezó a gritar y a chillar, y a dirigirse en tropel hacia a puerta. Y el padre Adolfo prosiguió:

—¡Yo conmino a esta casa...!

Pero su frase quedó cortada. Su cara se puso roja, luego amoratada, pero no pudo pronunciar ninguna otra palabra. Entonces vi yo a Satanás, convertido en una película transparente, infiltrarse dentro del cuerpo del astrólogo; y entonces este alzó la mano y dijo, en apariencia con su propia voz:

—Esperad, y quedaos donde estáis.

Todos se detuvieron en el sitio mismo.

—¡Traed un embudo!

Úrsula, temblorosa y asustada, lo trajo, y entonces el astrólogo lo colocó en el gollete de la botella, levantó la gran fuente y empezó a trasegar de nuevo el vino a donde antes estaba; la concurrencia le veía hacer con ojos dilatados por el asombro, porque sabían que antes que empezase a trasegar el vino dentro de la botella ya esta se encontraba completamente llena. El astrólogo vació todo el contenido de la fuente dentro de la botella y luego miró sonriente por toda la habitación, glogloteó de risa y dijo con indiferencia:

—Esto no es nada. Cualquiera es capaz de hacerlo. Yo puedo hacer mucho más con los poderes de que dispongo.

Estalló por todas partes un grito de terror:

— ¡Oh Dios mío, está poseído del demonio!

Todos se abalanzaron tumultuosamente hacia la puerta, quedando muy pronto la casa vacía de todos, salvo los que vivían en ella, nosotros y Meidling. Nosotros, los muchachos, estábamos en el secreto de todo, y lo habríamos dicho si eso nos hubiera sido posible; pero no podíamos. Nos sentíamos muy agradecidos a Satanás por acudir a nosotros con tan eficaz ayuda en el momento en que la necesitábamos.

Margarita estaba pálida y llorando; Meidling parecía petrificado, lo mismo que Úrsula; pero quien peor estaba era Gottfrield, que no se podía tener en pie de tan débil y asustado. Porque ya sabéis que pertenecía a una familia de brujas, y lo pasaría mal si sospechasen de él. En ese momento entró Inés paseándose como si tal cosa, con expresión compungida, y quiso refregarse contra Úrsula y que ésta la acariciase; pero Úrsula tuvo miedo del animalito y se apartó, aunque dejando ver que con ello no quería hacerle ningún desaire; Úrsula sabía muy bien que no sacaba nada de mantenerse en relaciones de tirantez con una gata como aquélla. Pero nosotros, los muchachos, tomamos en nuestros brazos a Inés y la acariciamos, pensando que Satanás no se habría mostrado amigo suyo si no tuviera una buena opinión de la gata, y aquello era para nosotros suficiente garantía. Satanás parecía tener confianza en todo aquello que no estaba dotado de sentido moral.

Fuera de la casa, los invitados, acometidos de pánico, se desparramaron en todas direcciones y huyeron en un estado lamentable de terror; fue tal la algarabía que armaron con sus carreras, sollozos, chillidos y griterío, que no tardó la aldea entera en salir en tropel de sus casas para ver lo que había ocurrido, formando una gran multitud en la calle, empujándose y apartándose unos a otros en medio de gran excitación y terror; entonces apareció el padre Adolfo y todos se abrieron formando dos muros, lo mismo que cuando se apartaron las aguas del Mar Rojo; luego avanzó el astrólogo por aquella calle abierta entre la gente, a grandes zancadas, y mascullando para sus adentros; por donde él cruzaba las dos paredes de gente se echaban atrás en masas apretujadas, sumidas en un silencio de espanto y sus ojos lo contemplaban atónitos, mientras jadeaban sus pechos; varias mujeres se desmayaron. Cuando el astrólogo hubo pasado, la multitud se juntó como un enjambre y le siguió a cierta distancia, hablando con mucha excitación, haciéndose preguntas y averiguando los hechos. Aquel averiguar de los hechos y contárselos después a los demás, introduciendo mejoras en los mismos, no tardó en agrandar la fuente de vino hasta convertirla en un barril, haciendo que todo su contenido cupiese en la botella, que después de todo terminó estando vacía.

Cuando el astrólogo llegó a la plaza del mercado se fue derecho a donde estaba un prestidigitador fantásticamente ataviado, que mantenía constantemente en el aire tres bolas; se las quitó y se volvió hacia la muchedumbre que iba tras él y dijo:

—Este pobre juglar no conoce su arte. Acercaos y ved de lo que es capaz un experto.

Diciendo y haciendo, lanzó las bolas una después de otra y las mantuvo girando en un óvalo estrecho y brillante, y luego agregó otra bola, y otra, y otra, y muy pronto —sin que nadie viese de dónde las sacaba— fue agregando, agregando y agregando, y el óvalo se iba alargando constantemente, y sus manos se movían con tal rapidez que formaban como una trama o un borrón, y no se distinguían como tales manos; las personas capaces de contar dijeron que hubo un momento en que había cien bolas en el aire. El gran óvalo giratorio alcanzó la altura de veinte pies y llegó a formar un espectáculo brillante, centelleante y maravilloso. Luego se cruzó de brazos y ordenó a las bolas que siguiesen girando sin ayuda suya, y siguieron girando. Al cabo de un par de minutos, dijo:

—Bueno, basta ya.

Y el óvalo se rompió y se derrumbó con estrépito; las bolas se desparramaron lejos y rodaron en todas direcciones. A donde iba una de aquellas bolas la gente retrocedía temerosa y nadie se atrevía a tocarla. Aquello hizo reír al astrólogo, que se burló de la gente, llamándolos cobardes y mujerucas. Luego se dio media vuelta y vio en el aire la cuerda del equilibrista; entonces dijo que las gentes idiotas se gastaban todos los días el dinero para ver de qué manera un patán ignorante y torpón degradaba aquel arte magnífico; ahora verían trabajar a un maestro. Dicho y hecho, dio un salto en el aire y se posó muy firme sobre sus pies en la cuerda tirante. Luego la cruzó de parte a parte en viaje de ida y vuelta saltando sobre un pie, mientras se tapaba los ojos con las manos; a continuación empezó a dar saltos mortales hacia atrás y hacia adelante, llegando a dar veintisiete.

La gente murmuraba, porque el astrólogo era un hombre viejo y hasta entonces siempre había sido tardo en movimientos y en ocasiones incluso había estado inválido, pero ahora mostraba completa agilidad y realizaba sus habilidades con la mayor animación. Por último, saltó con agilidad al suelo, se alejó, y avanzó carretera adelante, dobló la esquina y desapareció.

Entonces aquella gran multitud, pálida, silenciosa y sólida, dejó escapar un profundo jadeo y todos se miraron a la cara los unos a los otros, como si dijesen: «¿Ha sido cosa real? ¿Lo vio también usted, o fui yo solo en verlo, mientras soñaba?». Rompieron luego a conversar en cuchicheos, se dividieron en parejas y se dirigieron hacia sus casas, conversando todavía sin volver del susto, juntando mucho las caras, apoyando el uno la mano en el hombro del otro, y gesticulando como acostumbra la gente cuando alguna cosa les ha producido una impresión profunda.

Nosotros los muchachos marchamos detrás de nuestros padres, escuchando y enterándonos de todo lo que decían y lográbamos oír; y cuando, ya en nuestra casa ellos se sentaron y continuaron su conversación, seguíamos nosotros acompañándolos. Todos estaban de humor sombrío, por que, según decían, podía tenerse por seguro que caería un desastre sobre la aldea después de tan espantosa visita de brujas y demonios. Entonces mi padre se acordó de que el padre Adolfo se había quedado mudo en el momento en que quiso lanzar su acusación, y dijo:

—No se atrevieron a poner sus manos hasta ahora en un ungido servidor de Dios y no me explico cómo en ese momento tuvieron tal audacia, porque él llevaba encima su crucifijo. ¿No es cierto?

—Sí—dijeron los demás—; nosotros lo vimos.

—Amigos, esto es una cosa seria, muy seria. Hasta ahora contábamos con una protección, y ésta ha fallado.

Los demás movieron las cabezas, como acometidos de escalofríos, y mascullaron estas palabras:

—Ha fallado. Dios nos abandona.

—Es cierto —dijo el padre de Seppi Wohlmeyer—; ya no tenemos dónde buscar socorro.

—La gente se dará cuenta de eso y la desesperación los privará de su valor y de sus energías —dijo el padre de Nicolás, el juez—. Sin duda alguna que hemos caído en tiempos malos.

Dejó escapar un suspiro, y Wohlmeyer dijo con voz turbada:

—Correrá por todo el país la noticia y nuestra aldea se verá esquivada por todos como si estuviésemos sometidos al desagrado de Dios. El Ciervo de Oro va a conocer tiempos duros.

—Exacto, convecino —dijo mi padre—; todos nosotros sufriremos las consecuencias; todos en cuanto a nuestra reputación y muchos en nuestra riqueza. Y... ¡Santo Dios!

—¿Que iba usted a decir?

—¡Que eso puede llegar a acabar con nosotros!

—¿Qué es lo que puede llegar a acabar con nosotros, un Gottes Willen?

—¡La excomunión!

Aquello sonó lo mismo que un trueno y pareció que fueran a desmayarse de espanto. Pero el miedo a semejante calamidad despertó sus energías; cesaron de mostrarse meditabundos y comenzaron a discutir las maneras de evitar esa desgracia. Hubo muchas y distintas opiniones y permanecieron hablando hasta muy adelantada la tarde; entonces reconocieron que por el momento no podían tomar ninguna decisión. Se separaron, pues, muy pesarosos y con los corazones oprimidos rebosantes de presagios de desgracia.

Mientras ellos pronunciaban sus frases de despedida, yo me escabullí fuera y me dirigí hacia la casa de Margarita para ver lo que allí ocurría. Tropecé por la calle con mucha gente, pero nadie me saludó. Aquello hubiera debido sorprenderme, pero no me sorprendió; se hallaban en un estado tal de desvarío, producido por el temor y el espanto, que yo creo que sus cerebros no razonaban bien; estaban pálidos y huraños, caminaban, como sonámbulos, con los ojos abiertos, pero sin ver nada; moviendo los labios, pero sin pronunciar una palabra, y apretando y aflojando, muy preocupados las manos, sin darse cuenta de lo que hacían.

En casa de Margarita aquello parecía un funeral. Ella y Guillermo estaban sentados juntos en el sofá, pero nada decían y ni siquiera se agarraban de las manos. Ambos estaban sumidos en lóbregas meditaciones, y los ojos de Margarita estaban rojos de lo mucho que había llorado. Y dijo:

—Yo le he suplicado que se marche y que no vuelva más, porque sólo así salvará la vida. Yo no puedo tolerar la idea de ser su asesina. Esta casa está embrujada y ninguno de sus moradores se salvará del fuego. Pero él se empeña en no marcharse, y se perderá con todos los demás.

Guillermo dijo que no se marcharía; que si había peligro para ella, su sitio estaba allí, y allí permanecería. Al oírle Margarita se echó de nuevo a llorar, y aquello me resultó tan doloroso que me habría alegrado de no encontrarme allí. De pronto llamaron a la puerta y entró Satanás, alegre, juvenil y hermoso, y con él entró aquella atmósfera espirituosa que traía siempre, y con ella cambió todo.

No dijo una sola palabra de lo que había ocurrido, ni de los temores espantosos que tenían helada la sangre en los corazones de la comunidad; empezó a hablar y chacharear sobre toda clase de temas alegres y agradables, y casi en seguida habló de música, golpe habilísimo que acabó de sacudir el abatimiento de Margarita, reanimándola y despertando completamente su interés. Jamás había oído ella hablar de una manera tan bella y tan inteligente sobre aquel tema, y se sintió tan elevada y tan hechizada que sus sentimientos encendieron su rostro y salieron fuera en sus palabras; Guillermo lo advirtió, y no dio muestras de hallarse tan complacido como hubiera debido estarlo. Satanás se desvió entonces hacia la poesía y recitó algunas, y lo hizo de manera excelente, y Margarita volvió a mostrarse encantada, y otra vez Guillermo dio muestras de que aquello no le agradaba como hubiera debido agradarle; pero esta vez Margarita lo advirtió y sintió remordimientos.

Yo caí dormido aquella noche, a los sones de una música agradable: el tamborileo de la lluvia en los cristales de la ventana y el apagado retumbo de los truenos lejanos. Muy avanzada la noche, llegó Satanás, me despertó y me dijo:

—Acompáñame. ¿Dónde quieres que vayamos?

—A cualquier parte, con tal de estar contigo.

Se produjo entonces un vivísimo resplandor solar y me dijo:

—Esa es China.

Aquello fue para mí una gran sorpresa, produciéndome una especie de borrachera de vanidad y de alegría al pensar que había ido tan lejos, muchísimo más lejos que ninguna otra persona de nuestra aldea, sin exceptuar a Bartel Sperling, que tan engreído estaba con sus viajes. Huroneamos por aquel imperio durante más de media hora y vimos el conjunto del mismo. Los espectáculos que presenciamos fueron maravillosos; unos eran bellos y otros demasiado horribles de recordar. Por ejemplo... Pero más adelante podré entrar a contarlo, y también contaré por qué razón eligió Satanás a China para esta excursión, en lugar de cualquier otro lugar; si ahora lo hiciese, interrumpiría con ello mi relato. Dejamos, por último, de revolotear y nos posamos en tierra.

Nos posamos en una montaña desde la que se dominaba el inmenso panorama de una cordillera, de pasos, valles, llanuras y ríos, con ciudades y aldeas que dormitaban a la luz del sol, y allá en el extremo límite, una pincelada de mar azul. Era un cuadro sereno y ensoñador, hermoso a los ojos y descansado para el espíritu. Si todos nosotros tuviésemos la posibilidad de realizar un cambio como aquél siempre que lo deseamos, el mundo resultaría un lugar en que la vida sería mucho más fácil, porque el cambio de escenario es como un descargar el peso del alma trasladándolo al otro hombro, y con ello se destierra al mismo tiempo la vieja y abrumadora fatiga del espíritu y del cuerpo.

Permanecimos conversando, y yo tenía la idea de intentar reformar a Satanás, convenciéndole de que debía llevar una vida mejor. Le hablé de todas aquellas cosas que había hecho y le supliqué que en adelante fuera más considerado y no siguiese haciendo desdichadas a las personas. Le aseguré que yo sabía muy bien que él no se proponía hacer ningún daño; pero era preciso que se decidiese a pensar en las consecuencias posibles de una cosa antes de lanzarse a ella de aquel modo impulsivo y al azar que él tenía por costumbre; de ese modo no causaría tales disturbios. No le lastimó aquella manera mía, llana, de hablar; pareció únicamente divertido y sorprendido y me dijo:

—¿Cómo? ¿Que yo hago las cosas al azar? Pues no, jamás las hago al azar. ¿Que me detenga a meditar en las consecuencias posibles? ¿Qué necesidad tengo de ello? Yo conozco siempre por adelantado las consecuencias que se van a producir.

—Pues entonces, Satanás, ¿cómo es posible que hagas lo que haces?

—Bien; te lo voy a decir, y haz por comprenderlo si te es posible. Perteneces a una raza curiosa. Todos los hombres sois una máquina de sufrimiento y una máquina de felicidad combinadas. Ambas actividades funcionan juntas armónicamente, con precisión fija y delicada, y sobre el principio de toma y daca. Si un departamento de esos dos produce una felicidad, el otro departamento está preparado para transformarla mediante un dolor y una aflicción, quizá mediante una docena. En muchísimos casos las vidas de los hombres están divididas casi de una manera igual entre la felicidad y la infelicidad. Cuando no se da ese caso, predomina la infelicidad siempre, jamás la felicidad. Hay casos en los que la conformación y la manera de ser de un hombre son tales que basta su máquina de dolor para realizar casi toda la tarea necesaria. Esa clase de hombres cruzan por la vida ignorantes casi de lo que es la felicidad. Cuanto tocan, cuanto hacen, les acarrea una desgracia. ¿No has conocido tú gentes de esa clase? ¿Verdad que para esa clase de personas la vida no es una ventaja? No lo es, en efecto; es tan sólo un desastre. Hay ocasiones en las que la maquinaria del hombre le hace pagar con años de aflicción una hora de felicidad. ¿No lo sabes? Pues ocurre con alguna frecuencia. Luego te citaré uno o dos casos. Pues bien: la gente de tu aldea no equivalen a nada para mí; lo sabes, ¿verdad?

Yo no quise hablar con entera franqueza y le contesté que lo venía sospechando.

—Pues bien: es cierto que nada significan para mí. Y no es posible que puedan significar nada. La diferencia que nos separa a mí y a ellos es abismal, inconmensurable. Ellos carecen de intelecto.

—¿Que carecen de intelecto?

—No tienen nada que se le parezca. Más adelante examinaré eso que el hombre llama su inteligencia y te daré detalles de ese caos; entonces verás y comprenderás. Los hombres nada tienen de común conmigo; no hay punto de contacto entre nosotros; ellos tienen pequeños sentimientos estúpidos y pequeñas vanidades, impertinencias y ambiciones; su estúpida y minúscula vida no es más que una carcajada, un suspiro y un extinguirse; carecen de sentido. El único que tienen es el sentido moral. Voy a mostrarte lo que quiero decir. Aquí tenemos una araña roja, que no abulta ni lo que la cabeza de un alfiler. ¿Te cabe en la cabeza que un elefante se, interese en esta arañita, que se preocupe de si es o no es feliz, de si es rica o pobre, de si su novia corresponde o no a su amor, de si su madre está enferma o sana, de si la consideran a ella en sociedad o no la consideran, de si sus enemigos la han de aplastar o sus amigos la han de abandonar, de si sus esperanzas se han de marchitar o sus ambiciones políticas fracasarán, de si morirá en el seno de su familia o morirá abandonada y despreciada en tierra extranjera? Estas cosas no pueden ser nunca importantes para el elefante; nada significan para él; el elefante es incapaz de achicar sus simpatías hasta reducirlas al tamaño microscópico de la araña roja. Para mí el hombre es lo que la arañita roja para el elefante. El elefante nada tiene que decir en contra de la araña: le es imposible descender a un nivel tan remoto; yo nada tengo que decir contra el hombre. El elefante es indiferente; yo soy indiferente. El elefante no se molestaría por jugar una mala pasada a la arañita; quizá se le ocurriese hacerle un servicio, si podía hacérselo de paso y no le costase nada. Yo he hecho favores a los hombres, pero no les he jugado malas pasadas. El elefante vive un siglo; la arañita roja, un día; uno de esos seres está separado del otro, en cuestión de fuerza, intelecto y dignidad, por una distancia simplemente astronómica. Pues bien: en éstas, como en todas las cualidades, el hombre se encuentra situado inconmensurablemente mucho más abajo de mí que lo que la araña roja lo está por debajo del elefante. La inteligencia del hombre junta muchas trivialidades, en retazos, de una manera torpe, cansada y laboriosa, y obtiene así un resultado, a su manera. ¡La inteligencia mía crea! ¿Te das cuenta de la fuerza de lo que digo? Crea lo que ella desea, y lo crea en un instante. Crea sin materia. Crea fluidos, sólidos, colores (todo absolutamente), sacándolo de ese aéreo nada que se llama pensamiento. Un hombre se representa un hilo de seda, se representa en la imaginación una máquina para fabricarlo, se representa un cuadro, y luego a fuerza de semanas de trabajo lo borda con el hilo sobre un lienzo. Yo me imagino todo eso, y en el acto lo tienes delante, hecho realidad. Yo pienso un poema, una música, el conjunto de una partida de ajedrez, cualquier cosa, y allí la tienes hecha realidad. Esto es la inteligencia inmortal, a cuyo alcance nada se escapa. Nada puede obstruir mi visión; para mí, las rocas son transparentes y la oscuridad es luz del día. Yo no necesito abrir un libro; de una sola ojeada, a través de las tapas, traslado todo su contenido a mi inteligencia, y ni aun pasados mil años podría olvidar una sola palabra de aquéllas ni el lugar que ocupaba en el volumen. Nada circula dentro del cráneo de un hombre, pájaro, pez, insecto o cualquier otro animal que pueda quedar oculto para mí. Yo taladro de una sola ojeada el cerebro del hombre docto, y los tesoros que él tardó sesenta años en acumular son instantáneamente míos; él puede olvidar, y olvida, en efecto; pero yo retengo. Ahora mismo estoy viendo en tus pensamientos que me comprendes bastante bien. Sigamos adelante. Pudieran las circunstancias caer de manera que el elefante tomase simpatía a la arañita (suponiendo que pudiera verla), pero nunca podría amarla. Su amor es para los de su misma especie, para sus iguales. El amor de un ángel es sublime, adorable, divino, superior a la imaginación del hombre: está infinitamente fuera de su alcance. Se halla limitado a su propio y augusto orden. Si ese amor se posase por un solo instante en uno de vuestra raza., reduciría a ese objeto de su amor a cenizas. No; nosotros no podemos amar a los hombres, pero sí podemos ser inofensivamente indiferentes con ellos, y en ocasiones podemos tomarles simpatía. Yo la tengo para ti y para los muchachos, la tengo para el padre Pedro, y hago todas estas cosas con los aldeanos en consideración a vosotros.

El advirtió que yo estaba pensando un sarcasmo, y me explicó su posición:

—Aunque, mirado superficialmente, no se vea, yo he trabajado en favor de los aldeanos. Vuestra raza no distingue nunca la buena de la mala fortuna. Equivoca siempre la una con la otra. Y eso ocurre porque no penetra en el porvenir. Esto que yo he estado haciendo por los aldeanos producirá buenos frutos algún día; en ciertos casos, para que los gocen ellos mismos; en otros, para generaciones de hombres que no han nacido todavía. Nadie sabrá jamás que yo he sido la causa; pero eso, no obstante, no será por ello menos cierto. Hay entre vosotros, los muchachos, un juego: colocáis una hilera de ladrillos en pie, a unas pulgadas de distancia los unos de los otros; luego empujáis un ladrillo; éste golpea al siguiente, el siguiente golpea al otro, y así hasta que toda la hilera se ha venido al suelo. Eso es la vida humana. El primer acto de un niño recién nacido golpea en el ladrillo inicial, y los restantes siguen cayendo de modo inexorable. Quiero decir que nada podrá cambiarlo, porque cada acción engendra infaliblemente otra acción; ésta, a su vez, engendra a otra, y así sucesivamente hasta el final, y quien contempla el espectáculo es capaz de mirar por la línea adelante y de ver el momento en que cada acto va a nacer, desde la cuna hasta el sepulcro.

—¿Es Dios quien ordena esa carrera?

—¿Ordenar previamente la sucesión de actos? No. Quienes los ordenan son las circunstancias y el medio en que un hombre se encuentra. Su primer acto determina el segundo y todos los que vienen después. Pero supongamos, para poder argumentar, que el hombre fuera capaz de escamotear uno de estos actos, un acto aparentemente fútil, por ejemplo; supongamos que estaba dispuesto que en cierto día, y a una hora, minuto, segundo y fracción de segundo determinados debería ir al pozo y no fuese. En el acto mismo la carrera de ese hombre cambiaría por completo de allí en adelante; desde allí hasta la tumba se diferenciaría totalmente de la carrera que su primer acto de niño había dispuesto para él. Pudiera incluso ocurrir que si él hubiese ido al pozo, terminase la carrera de su vida en un trono, y que omitiendo ese acto, su carrera, desde allí en adelante, condujese a la mendicidad y a una tumba de caridad. Por ejemplo, si un momento dado (pongamos en su niñez) Colón hubiese escamoteado el más insignificante eslaboncito de cadena de actos proyectados y hechos inevitables por su primer acto de recién nacido, habría con ello cambiado toda su vida subsiguiente y habría llegado a ser un sacerdote muerto oscuramente en una aldea de Italia, y quizá América no habría sido descubierta hasta dos siglos después. Yo lo sé. El escamotear uno de los billones de actos de la cadena de Colón habría cambiado por completo su vida. Yo he examinado el billón de posibles vidas de Colón y sólo en una de ellas se presenta el descubrimiento de América. Vosotros los hombres no sospecháis que todos vuestros actos son de un mismo calibre e importancia, y, sin embargo, es así; el tirar un manotón a una mosca es un acto tan preñado de destino para una persona como cualquiera de los demás actos previstos.

—¿Tan importante, por ejemplo, como el conquistar un continente?

—Sí. Pues bien: nadie entre los hombres escamotea un eslabón; eso es una cosa que no ha ocurrido jamás. Incluso cuando él está intentando tomar una decisión sobre si hará o no hará una cosa, ese pensar suyo es en sí mismo un eslabón, un acto que tiene su lugar propio dentro de la cadena, y cuando él se decide, finalmente por una cosa, esa cosa es la que había de hacer con absoluta seguridad. Ya ves, pues, que un hombre no escamotea jamás un eslabón de su cadena. No puede hacerlo. Si se decidiese a intentarlo, ese proyecto constituiría en sí mismo un eslabón inevitable, un pensamiento que tenía que ocurrírsele en ese instante preciso, un pensamiento hecho inevitable por el acto primero de su niñez.

¡Qué triste parecía todo aquello! Yo dije muy pesaroso:

—Entonces es un preso para toda su vida y no puede liberarse.

—No; por sí mismo no puede liberarse de las consecuencias del primer acto de su niñez. Pero yo sí puedo liberarlo.

Le miré ansiosamente.

—Yo he variado las carreras de cierto número de vuestros aldeanos.

Intenté darle las gracias, pero lo encontré difícil, y lo dejé pasar.

—Todavía introduciré algunos otros cambios. ¿Conoces tú a la pequeña Lisa Brandt?

—Sí; todo el mundo la conoce. Dice mi madre que es una muchacha tan dulce y tan atrayente, que no se parece a ninguna otra. Asegura que será el orgullo de la aldea cuando sea mayor; aunque, tal como es ahora, es ya su ídolo.

—Yo cambiaré su porvenir.

—¿Lo harás mejor?—pregunté.

—Sí. Y también cambiaré el porvenir de Nicolás.

Esta vez me alegré y dije:

—En este último caso no necesito preguntarte nada; estoy seguro de que obrarás con él de una manera generosa.

—Ese es mi propósito.

En el acto me puse a construir en mi imaginación el gran porvenir de Nicolasito, y ya había hecho de mi amigo un general afamado y un hofmeister en la corte, cuando vi que Satanás estaba esperando a que yo me dispusiese otra vez a escucharle. Me sentí avergonzado de haber descubierto ante él mis pobres fantasías, y me disponía a escuchar algunas burlas, pero no ocurrió así. Satanás siguió con su tema:

—Nicolasito tiene señalados sesenta y dos años de vida.

—¡Magnífico—exclamé yo.

—Lisa, treinta y seis. Pero, como te he dicho, yo voy a cambiar sus vidas y los años que tienen asignados. De aquí a dos minutos y cuarto Nicolás se despertará de su sueño y se encontrará con que la lluvia está entrando por la ventana. El destino suyo era que se daría media vuelta y seguiría durmiendo. Pero yo he determinado que se levante y cierre antes la ventana. Esa insignificancia cambiará por completo su carrera. Se levantará por la mañana dos minutos más tarde de lo que estaba señalado en la carrera de su vida se levantaría. Y de allí en adelante ya no le ocurrirá nada de acuerdo con los detalles de la vieja cadena —sacó su reloj y permaneció contemplándolo unos momentos; luego dijo—: Nicolás se ha levantado a cerrar la ventana. Su vida ha cambiado, y ha empezado su nueva carrera. Habrá consecuencias.

Aquello me puso la carne de gallina; porque parecía muy extraño.

—De no haber sido por este cambio, habrían ocurrido determinados hechos de aquí a doce días. Por ejemplo, Nicolás habría salvado a Lisa de ahogarse. Habría llegado al lugar del suceso en el momento justo, a las diez y cuatro minutos, momento señalado de largo tiempo atrás, y el agua sería poco profunda, de modo que el salvamento resultaría fácil y seguro. Pero ahora llegará algunos segundos demasiado tarde, y Lisa en sus forcejeos habrá llegado a aguas más profundas. Nicolás hará cuanto pueda, pero ambos se ahogarán.

—¡Oh Satanás, querido Satanás! —grité, mientras se me llenaban los ojos de lágrimas—. ¡Sálvalos! No permitas que ocurra eso. Se me hace intolerable el perder a Nicolás, que es mi más querido compañero de juegos y amigo. ¡Piensa, además, en la pobre madre de Lisa!

Me agarré a él, le insté y supliqué, pero siguió inconmovible. Me hizo sentar otra vez, y me dijo que tenía que oír su explicación.

—He cambiado la vida de Nicolás, y eso ha hecho cambiar también la vida de Lisa. Si no hubiese hecho eso, Nicolás habría salvado a Lisa, y luego se habría resfriado por el remojón; se habría producido entonces una de esas fantásticas y desconsoladoras fiebres escarlatinas que atacan a vuestra raza y los efectos posteriores habrían sido dolorosos; Nicolás habría permanecido en cama durante cuarenta y seis años, paralítico como un tronco, ciego, sordo, mudo, pidiendo noche y día que viniera la muerte a liberarlo. ¿Quieres que vuelva a hacer que su vida sea la de antes?

— ¡Oh, no! ¡No, por nada del mundo'! Déjala, por caridad y compasión, de ese modo.

—Sí, es mejor. Puesto a cambiar un eslabón de su vida, con ningún otro cambio podía hacerle un favor tan grande. Tenía un billón de posibles cursos de su vida, pero ninguno de ellos era digno de vivirse; todos ellos estaban cargados de miserias y desastres. De no haber sido por mi intervención, él habría llevado a efecto su hazaña valerosa de aquí a doce días (una hazaña que se realizaría en seis minutos) y obtendría como recompensa los cuarenta y seis años de dolor y sufrimiento de que he hablado. Se trata de uno de los casos a que me refería antes, cuando dije que hay ocasiones en las que un acto que produce a quien lo ejecuta una hora de felicidad y de propia satisfacción se paga con años de sufrimiento, se paga o se castiga.

Yo me pregunté de qué porvenir quedaría salvada la pobre Lisa su temprana muerte. El contestó mi pensamiento:

—La librará de diez años de dolor y de lento restablecimiento a consecuencia de un accidente, y luego diecinueve años de enfangamiento, vergüenza, depravación y crimen, y de acabar en manos del verdugo. De aquí a doce días morirá; si estuviese en manos de su madre, ésta le salvaría la vida. ¿No soy yo más cariñoso con ella que su madre?

—Sí, desde luego, y más sabio.

—Pronto se verá el caso del padre Pedro. Será absuelto, porque hay pruebas incontrovertibles de su inocencia.

—¿Cómo puede ser eso, Satanás? ¿Lo dices como lo sientes?

—Lo sé. Recobrará su buen nombre y vivirá feliz el resto de su vida.

—No me cuesta nada creerlo. Bastará el que recobre su buen nombre para que lo sea.

—No vendrá de ahí su felicidad. Hoy cambiaré su vida para bien suyo. No sabrá jamás que su nombre ha sido reivindicado.

En mi cerebro, y de una manera modesta, pedí detalles, pero Satanás no hizo caso alguno de mi pensamiento. Acto continuo saltó mi pensamiento al astrólogo, y me pregunté dónde andaría en ese momento.

—En la Luna —contestó Satanás, en tono tembloroso, que yo tomé por glogloteo de risa—. Y además lo mandé al lado frío de la misma. Ignora dónde se encuentra, y está pasando un rato poco agradable. Sin embargo, no le viene mal, porque es lugar favorable para sus estudios estelares.

Luego lo necesitaré aquí, y lo traeré, posesionándome otra vez de él. Es un hombre que tiene por delante una vida larga, cruel y odiosa; pero yo la cambiaré, porque ninguna animadversión siento en contra suya, y quiero mostrarme cariñoso con él. Creo que lo haré quemar.

¡Así eran de extrañas sus ideas acerca del cariño! Pero los ángeles están hechos de ese modo, y no conocen otro mejor. Ellos no proceden como nosotros; además, los seres humanos ninguna importancia tienen para éstos; los toman como simples rarezas. A mí me extrañó que hubiese ido a llevar al astrólogo tan lejos; hubiera podido del mismo modo dejarlo caer dentro de Alemania, donde lo tendría a mano.

—¿Tan lejos? —dijo Satanás—. Para mí no hay lugar alejado; para mí no existe la distancia. El sol se encuentra a menos de cien millones de millas de aquí, y la luz que nos alumbra sólo ha tardado ocho minutos en llegar; pero yo puedo hacer ese vuelo o cualquier otro en una fracción de tiempo tan pequeñísima, que no puede ser medida con el reloj. Sólo tengo que pensar en el viaje, y con ello ya está realizado.

Extendí mi mano y dije:

—La luz cae sobre mi mano; Satanás, piensa en poner en ella un vaso de vino.

Así lo hizo; yo bebí el vino.

—Rompe el vaso —me dijo él.

Lo rompí.

—Ya ves que es real. Los aldeanos se imaginaron que las bolas de metal eran materia de magia y que se disolverían como el humo. Les dio miedo tocarlas. ¡Qué raza más curiosa es la vuestra! Pero ven conmigo; tengo algo que hacer. Te dejaré acostado en tu cama —dicho y hecho; luego se marchó; pero su voz me llegó a través dé la lluvia y de la oscuridad, diciendo—: Sí, cuéntaselo a Seppi, pero a nadie más.

Era contestación a lo que yo estaba pensando.

Capítulo VIII

El sueño no quería acudir. No porque yo estuviese orgulloso de mis viajes, ni me sintiese excitado por haber recorrido el extenso mundo hasta la China, ni porque sintiese menosprecio de Bartel Sperling, el viajero, como se llamaba a sí mismo, mirándonos de arriba abajo, porque él marchó en cierta ocasión a Viena, y era el único muchacho de Seldorf que había hecho ese viaje y había visto las maravillas del mundo. En otro momento eso me habría mantenido despierto, pero ahora no me producía efecto alguno. No, mi alma estaba llena de Nicolás; mis pensamientos giraban únicamente a su alrededor, acordándome de los días alegres que habíamos pasado juntos retozando y jugando por los bosques, los campos y el río durante los largos días veraniegos, y patinando o esquiando durante el invierno, cuando nuestros padres nos creían en la escuela. Y ahora él salía de mi joven vida, y los veranos y los inviernos llegarían y pasarían, y nosotros seguiríamos vagabundeando y jugando como antes, pero su lugar permanecería vacío; ya no lo veríamos nunca más.

Mañana, él no sospecharía nada, sería el mismo de siempre; el oír su risa sería para mí un duro golpe, y el verlo hacer cosas ligeras y frívolas, porque para mí él era ya un cadáver, de manos de cera y ojos sin vida, y yo lo estaría viendo con la cara enmarcada en su mortaja; al siguiente día él no sospecharía nada, ni al otro, y en todo ese tiempo aquel puñado de días que le quedaba pasaría rápidamente, y el terrible suceso se iría acercando y acercando; su destino se iría cerrando cada vez más a su alrededor, y nadie sino Seppi y yo lo sabríamos.

Doce días. Sólo doce días. Era terrible pensar semejante cosa. Me fijé en que ya no lo llamaba en mi pensamiento con los diminutivos familiares, Nick y Nicolasito, sino que lo llamaba de una manera reverente con su nombre y apellido, como cuando se habla de los muertos. De la misma manera, siempre que acudían en tropel a mi pensamiento desde el pasado los recuerdos de los incidentes de nuestra camaradería, me fijaba en que, por lo general, se trataba de casos en que yo le había causado algún daño o alguna lastimadura; esos recuerdos constituían para mí una reprimenda y una censura; mi corazón sentíase retorcido por el remordimiento, lo mismo que nos ocurre cuando nos acordamos de las desatenciones tenidas con amigos que pasaron al otro lado del velo, y que nosotros desearíamos volver a tener a nuestro lado, aunque sólo fuese por un instante, para arrodillarnos ante ellos y decirles: «Compadeceos y perdonad».

En cierta ocasión, teniendo nosotros nueve años, marchó él a hacer un encargo en casa del frutero, que distaba de allí casi dos millas; el frutero le dio de regalo una manzana grande y magnífica, y Nicolás venía corriendo a casa con su manzana, casi fuera de sí de asombro y placer; yo me tropecé con él, y me dejó ver la manzana, sin ocurrírsele pensar en una mala acción, porque me escapé con ella, y me la fui comiendo a medida que corría, mientras él me seguía pidiéndomela: cuando me alcanzó, yo le ofrecí corazón de la manzana, que era todo lo que había quedado, y me eché a reír. El se alejó llorando, y me dijo que su intención era dársela a su hermanita. Esas palabras me dejaron apabullado, porque la niña estaba convaleciendo de una enfermedad. Nicolás habría pasado unos momentos de orgullosa satisfacción contemplando el júbilo y la sorpresa de la niña, y recibiendo sus caricias. Pero yo sentí vergüenza de decir que estaba avergonzado; me limité a pronunciar algunas frases rudas y ruines, simulando que aquello no me importaba, y él no contestó con palabra pero en su rostro se pintó una expresión dolorida al alejarse su casa; esa expresión dolorida se me representaba a mí muchas veces años después durante la noche, y era como una censura que me hacía sentirme nuevamente abochornado. Ese recuerdo fue quedándose borroso en mi memoria poco a poco, y por fin desapareció; pero ahora volvió de nuevo, y no volvió borroso.

En otra ocasión, cuando teníamos once años, estando yo en la escuela volqué la tinta y estropeé cuatro cuadernos, corriendo peligro de un severo castigo; le cargué a él la culpa, y él se llevó los azotes.

Hacía un año nada más que yo le había hecho una trampa en una transacción, dándole un gran anzuelo de pescar, que estaba medio roto, a cambio de tres anzuelos pequeños. El primer pez que picó rompió el anzuelo, pero Nicolás no supo que yo tenía la culpa, y se negó a aceptar la devolución de los tres anzuelos pequeños, que mi conciencia me obligó a ofrecerle, limitándose a decir: «Un negocio es un negocio; el anzuelo era malo, pero tú no tenías la culpa».

No, yo no podía dormir. Aquellas pequeñas acciones ruines eran para mí una censura y una tortura, que me producían un dolor mucho más agudo que el que se siente cuando los actos injustos se han cometido con personas que están con vida.

Nicolás vivía, pero eso no importaba, porque para mí era ya como un difunto. El viento seguía gimiendo alrededor de los aleros del tejado; la lluvia seguía tamborileando en los cristales de la ventana.

Por la mañana me fui en busca de Seppi y se lo conté. Fue cerca del río. Movió los labios, pero no dijo nada; parecía aturdido y como entontecido, y su cara se puso muy pálida. Permaneció en esa actitud algunos momentos; las lágrimas acudían a sus ojos, y entonces echó a andar, y yo me agarré a su brazo y fuimos caminando meditabundos, pero sin hablar. Cruzamos el puente y paseamos por los prados, subiendo hasta las colinas y los bosques, hasta que recobramos el uso de la palabra, y nuestra conversación brotó libremente; sólo hablamos de Nicolás, recordando la vida que habíamos llevado en su compañía. De cuando en cuando decía Seppi, como hablando consigo mismo:

—¡Doce días! ¡ Menos de doce días!

Nos dijimos que era preciso que pasásemos todo ese tiempo junto a él; necesitábamos tener todo cuanto de su persona nos era posible; los días eran ahora de gran valor. Pero no fuimos en busca suya. Aquello habría sido como ir al encuentro de los muertos, y eso nos asustaba. No lo dijimos, pero ése era el sentir nuestro. Por eso, cuando al doblar un recodo nos encontrarnos cara a cara con Nicolás, experimentamos un golpe doloroso. El nos gritó alegremente:

—¡Ejejé! ¿Qué ocurre? ¿Es que habéis visto un fantasma?

No lográbamos articular palabra, pero tampoco tuvimos ocasión de hacerlo; Nicolás estaba dispuesto a hablar por todos; acababa de encontrarse con Satanás, y eso lo traía muy alegre. Satanás le había contado nuestro viaje a China, y él le había suplicado que le hiciese hacer un viaje, y Satanás se lo había prometido. Había de ser un viaje a un país lejanísimo, maravilloso y bello; Nicolás le había pedido que nos llevase también a nosotros, pero él le contestó que no, que quizá nos llevase a nosotros alguna vez, pero no ahora. Satanás vendría a buscarlo el día 13, y Nicolás contaba ya con impaciencia las horas.

Aquél era el día fatal. También nosotros estábamos contando ya las horas.

Fuimos caminando millas y millas, siempre por senderos que habían sido los preferidos por nosotros cuando éramos pequeños, y esta vez no hicimos otra cosa que hablar de los viejos tiempos. Toda la alegría estaba de parte de Nicolás; nosotros no conseguíamos librarnos de nuestro abatimiento. El tono que empleábamos hablando a Nicolás era tan extraordinario, cariñoso, tierno y nostálgico, que él lo advirtió y quedó complacido; a cada momento lo hacíamos objeto de pequeñas muestras de cortesía respetuosa y le decíamos: «Espera, permíteme que lo haga yo por ti», y esto le satisfacía muchísimo también. Yo le regalé siete anzuelos, todos los que yo tenía, y le obligué a tomarlos; Seppi le dio su cortaplumas nuevo y una peonza zumbadora pintada de rojo y amarillo, expiaciones de trampas que le había hecho en otro tiempo, según supe más tarde, y de las que probablemente ya no se acordaba Nicolás. Estos detalles le conmovieron, y no acababa de creer que nosotros le quisiésemos tanto; el orgullo y la gratitud que sintió por esa conducta nuestra nos llegó al alma, porque no nos los merecíamos. Cuando nos despedimos, marchaba él radiante, asegurándonos que jamás había pasado un día más feliz.

Mientras caminábamos hacia casa, dijo Seppi:

—Nosotros lo apreciamos siempre, pero nunca tanto como ahora, cuando vamos a perderlo.

El siguiente día y todos los demás pasamos todo el tiempo que tuvimos disponible con Nicolás, y completamos ese tiempo con el que nosotros —y él — hurtábamos al trabajo y a otras obligaciones; esta conducta nos valió a los tres fuertes reprimendas y algunas amenazas de castigo. Dos de nosotros nos despertábamos todas las mañanas con un sobresalto y un estremecimiento, diciendo a medida que corrían los días: «Sólo quedan diez»; «Sólo quedan nueve»; «Sólo quedan ocho»; «Sólo quedan siete». Siempre estrechándose el plazo. Nicolás se mantenía constantemente alegre y feliz, muy intrigado al ver que nosotros no nos sentíamos lo mismo. Recurría a toda su inventiva para idear medios de alegrarnos, pero su éxito era ficticio; se daba cuenta de que nuestra jovialidad no nacía del corazón, y de que las carcajadas que lanzábamos siempre tropezaban con alguna obstrucción, experimentaban algún daño y acababan convertidas en un suspiro. Intentó descubrir la causa, diciendo que quería ayudarnos a salir de nuestras dificultades o hacerlas más llevaderas compartiéndolas con nosotros; tuvimos, pues, que contarle infinidad de mentiras para engañarlo y apaciguarlo.

Lo que más nos angustiaba de todo era el que no cesaba de hacer proyectos, y que esos proyectos iban a veces más allá del día 13. Siempre que ocurría eso, nosotros suspirábamos allá en nuestro interior. El no pensaba otra cosa que en descubrir algún modo para dominar nuestro abatimiento y reanimarnos; finalmente, cuando ya sólo le quedaban tres días de vida, dio con la idea acertada, y esto le produjo gran júbilo; la idea consistía en celebrar una fiesta, y baile de muchachos y muchachas en los bosques, en el lugar mismo en que encontramos por vez primera a Satanás, y la fiesta se celebraría el día 14. Aquello era espantoso, porque en ese día habían de celebrarse sus funerales. No podíamos arriesgarnos a protestar; nuestras protestas sólo habrían arrancado un «¿Por qué?», al que nosotros no podíamos contestar. Quiso que le ayudásemos a invitar a sus obsequiados, y lo hicimos, porque nada se puede negar a un amigo moribundo. Pero aquello fue espantoso, porque a lo que estábamos invitando era a sus funerales,

¡Qué once días terribles! Sin embargo, con toda una vida interponiéndose hacia atrás entre el día de hoy y aquel entonces, esos días resultan todavía gratos a mi memoria y hermosos. Efectivamente, fuero: días de compañerismo con los muertos sagrados para uno, y yo no he conocido otra camaradería tan íntima y tan valiosa. Nos aferrábamos a las horas y a los minutos, recontándolos a medida que pasaban, y despidiéndonos de ellos con el mismo dolor y sensación de despojo que siente un avaro al ver que le arrancan su tesoro moneda a moneda los ladrones y él ni puede impedirlo.

Cuando llegó la noche del último día estuvimos ausentes de nuestras casas demasiado tiempo; Seppi y yo tuvimos la culpa; no podíamos hacernos a la idea de separarnos de Nicolás; fue, pues, muy tarde cuando nos despedimos junto a su puerta. Permanecimos allí un rato escuchando, y ocurrió lo que temíamos. Su padre le aplicó el castigo prometido, y nosotros oímos los gritos del muchacho. Pero sólo escuchamos un momento, porque salimos corriendo, llenos de remordimiento por aquello de que nosotros éramos culpables. Lo lamentábamos, además, por el padre, y pensábamos: «¡Si él supiera, si él supiera!».

Nicolás no se reunió por la mañana con nosotros en el lugar señalado, y por eso fuimos a su casa para ver qué ocurría. Su madre dijo:

—A su padre se le ha agotado la paciencia con las cosas que ocurren, y ya no está dispuesto a tolerar más. La mitad del tiempo no se encuentra a Nicolás en el momento en que se le necesita; luego resulta que él ha estado merodeando por ahí con vosotros dos. Su padre le dio esta noche una tanda de azotes. Siempre me había producido esto gran pesar, y muchas veces yo lo había salvado de los azotes a fuerza de suplicar al padre; pero esta vez mis súplicas fueron inútiles, porque también a mí se me había agotado la paciencia.

— ¡Ojalá que esta vez, precisamente, le hubiese librado de los azotes! — dije yo, temblándome un poco la voz—; quizá ese recuerdo sirviese de consuelo a vuestro corazón algún día.

La madre estaba planchando mientras hablaba, vuelta de espaldas hacia mí. Se volvió con expresión de sobresalto y de interrogación, y me dijo:

— ¿Qué quieres decir con eso?

Me pilló de sorpresa, y no supe qué decirle; fue un momento embarazoso, porque la madre siguió mirándome; pero Seppi estaba alerta, y habló de este modo:

—Veréis : no cabe duda que sería más grato el recordar eso, porque precisamente la razón de que llegásemos tan tarde fue que Nicolás se puso a contarnos lo buena que es usted con él, y que cuando usted se halla presente lo salva siempre de los azotes; Nicolás hablaba tan de corazón, y nosotros le escuchábamos tan llenos de interés, que ni él ni nosotros nos fijamos en que se hacía tarde.

— ¿Dijo él eso? ¿Lo dijo? —la madre se llevó el delantal a los ojos.

—Pregúnteselo usted a Teodoro; ya verá como le dice lo mismo.

—Mi Nicolasito es un muchacho bueno y encantador —dijo la madre—. Me pesa haber dejado que su padre le azotase; nunca más lo consentiré. ¡Y pensar que mientras yo estaba aquí, irritada y furiosa contra él, mi Nicolasito estaba amándome y elogiándome! ¡Válgame Dios, si una hubiera podido saberlo! Si supiésemos las cosas, jamás cometeríamos errores; pero sólo somos unos pobres animalitos mudos que tanteamos a nuestro alrededor y cometemos toda clase de errores. Nunca recordaré la noche pasada sin que me duela el corazón.

Aquella mujer era como todas las demás; durante aquellos días lastimosos, nos parecía que nadie era capaz de abrir la boca sin que dijese algo que nos hacía estremecer. Todos tanteaban a su alrededor, y desconocían lo verdadero, lo dolorosamente verdadero de aquellas cosas que decían de casualidad.

Seppi preguntó si podría Nicolás salir con nosotros.

—Lo siento—contestó ella—, pero no puede. Su padre, para castigarle más, le ha prohibido salir de casa en todo el día.

¡Qué magnífica esperanza se apoderó de nosotros! Lo advertí en los ojos de Seppi. Pensábamos: «Si no le dejan salir de casa, no podrá ahogarse». Seppi preguntó para cerciorarse del todo:

—¿Tendrá que estar aquí todo el día, o sólo por la mañana?

—Todo el día. Es un dolor, porque el tiempo es magnífico, y Nicolás no está acostumbrado a permanecer encerrado en casa. Pero anda muy atareado con los preparativos de la fiesta que ha de dar, y quizá eso le distraiga. ¡Ojalá que no se sienta demasiado solo!

Seppi vio en su mirada que sus palabras eran una expresión de lo que ella sentía, y eso le animó a preguntarle si no podríamos subir a donde estaba Nicolás para ayudarle así a pasar el día.

—¡Con muchísimo gusto! —exclamó la madre con gran cordialidad—. A eso le llamo yo verdadera amistad, pudiendo como podríais salir a los campos y pasar un día delicioso. Sois buenos muchachos, lo reconozco, aunque no siempre encontráis modo satisfactorio de demostrarlo. Tomad estos pasteles, para vosotros, y dadle éste a él, de parte de su madre.

La primera cosa en que nos fijamos al entrar en el cuarto de Nicolás fue la hora. Eran las diez menos cuarto. ¿Era posible que fuese exacta esa hora? ¡Sólo le quedaban unos pocos minutos de vida! Sentí que se me contraía el corazón. Nicolás dio un salto y nos acogió con la- mayor alegría. Se hallaba muy animado con sus proyectos para la fiesta, y no había sentido la soledad.

—Sentaos —dijo—, y mirad lo que estuve haciendo. He terminado una cometa, que, como vais a ver, es una hermosura. La tengo secando en la cocina; voy por ella.

Nuestro amigo había gastado sus pequeños ahorros en chucherías caprichosas de varias clases, para ofrecerlas de premio en los juegos; Las tenía expuestas sobre la mesa, y producían un efecto encantador y vistoso.

Nos dijo:

—Examinad todo eso a vuestro gusto mientras voy a que mi madre planche la cometa, por si no es aún bastante seca.

Salió de la habitación y bajó ruidosamente escaleras abajo, silbando al mismo tiempo.

Nosotros no nos entretuvimos mirando aquello; nada lograba interesarnos fuera del reloj. Permanecimos en silencio con los ojos clavados e él, escuchando su tictac; cada vez que el minutero avanzaba un saltito, nosotros asentíamos con la cabeza, como queriendo decir que ya quedaba un minuto menos que cubrir en la carrera entre la vida y la muerte. Finalmente, Seppi respiró profundamente y dijo:

—Faltan dos minutos para las diez. Dentro de siete minutos más habrá salvado el punto mortal. ¡Teodoro. ya verás cómo se salva! Nicolás va a...

—¡Chitón! Yo estoy como sobre alfileres. Fíjate en el reloj y no hables.

Cinco minutos más. La tensión y la nerviosidad nos hacían jadear. Otros tres minutos, y se oyeron pasos en la escalera.

—¡Salvado! —nos pusimos en pie de un salto, y nos volvimos de cara a la puerta.

Quien entró fue la anciana madre trayendo la cometa. Y nos dijo:

—¿Verdad que es una hermosura? ¡Válgame Dios, y cómo ha trabajado en ella; creo que desde que amaneció; sólo la terminó momentos antes que vosotros llegaseis —la madre se apoyó en la pared, después de retroceder para mirarla en conjunto—. Él mismo dibujó las figuras, y yo creo que están muy bien hechas. La que no está muy bien es la iglesia; no tengo más remedio que reconocerlo; pero fijaos en el puente; cualquiera lo reconocerá al instante. Me pidió que os la subiese, ¡válgame Dios! Son ya las diez y siete minutos, y yo...

—Pero ¿dónde está Nicolás?

—¿Él? Vendrá en seguida; salió un instante nada más.

—¿Que ha salido de casa?

—Sí. Cuando bajó antes acababa de entrar la madre de la pequeña Lisa, y nos dijo que la niña se había marchado no sabía ella adonde, y como estaba intranquila, yo le dije a Nicolás que no se preocupase de la orden de su padre y que fuese a buscarla. ¡Pero qué pálidos os habéis puesto los dos! Yo creo que estáis enfermos. Sentaos; os traeré alguna cosilla. Parece que el pastel no os ha sentado bien. Es un poco pesado, pero yo creí...

La mujer salió de la habitación sin terminar la frase, y nosotros nos precipitamos hacia la ventana de la parte posterior y miramos hacia el río. Al otro extremo del puente se había reunido una gran multitud, y de todas partes corría la gente hacia allí.

— ¡Todo ha terminado, pobre Nicolás! Pero ¿por qué, por qué le dejaría su madre salir de casa?

—Retírate de ahí —dijo Seppi medio sollozando—. Ven rápidamente; nos será imposible aguantar el espectáculo de la madre; dentro de cinco minutos ya lo sabrá.

Pero no pudimos eludirlo. La madre se tropezó con nosotros cuando empezaba a subir las escaleras, trayendo en la mano bebidas cordiales; nos hizo volver a entrar, sentarnos y tomar aquella medicina. Acto continuo se quedó mirando el efecto que nos había producido, y no quedó satisfecha; nos hizo, pues, esperar, y no cesó de censurarse a sí misma por habernos hecho comer aquel pastel indigesto.

Y poco después ocurrió lo que nosotros temíamos tanto. Se oyó fuera ruido de pasos y arrastre de pies, entrando luego solemnemente gran cantidad de personas que venían con la cabeza descubierta, y que depositaron encima de la cama los cuerpos de los dos muchachos ahogados.

—¡Oh Dios mío! —gritó llorando la pobre madre, y cayó de rodillas y enlazó con sus brazos a su hijo muerto, y empezó a cubrirle la húmeda cara de besos—. ¡He sido yo la que le envió, he sido yo la causante de su muerte! Si yo hubiese obedecido y le hubiese mantenido dentro de casa, no habría ocurrido esto. He sido justamente castigada; anoche le traté de un modo cruel, cuando me suplicaba a mí, su propia madre, que fuese su amiga.

Siguió hablando y hablando de esta manera, y todas las mujeres lloraban, se compadecían de ella y se esforzaban por consolarla; pero ella no podía perdonarse lo que había hecho, y no admitía consuelos; siguió repitiendo que si ella no lo hubiese mandado fuera de casa, su hijo seguiría ahora bien y con vida, habiendo sido ella la causante de su muerte.

Esto demuestra la tontería que cometen las gentes cuando se censuran a sí mismas por cualquier cosa que han hecho. Satanás lo sabía, y por eso dijo que no ocurre nada que la primera acción de vuestra vida no haya dejado ya dispuesta, y hecho inevitable; de modo, pues, que por iniciativa propia vuestra no os es posible nunca alterar el plan o realizar un acto que rompa uno de los eslabones. Acto continuo oímos alaridos, y Frau Brandt se abrió desatinadamente paso por entre la multitud; traía las ropas en desorden y la cabellera suelta y se arrojó sobre su hija muerta, lanzando gemidos, besándola y dirigiéndole frases tiernas y cariñosas; al rato se puso en pie, casi agotada por los ímpetus de su apasionada emoción; apretó el puño y lo levantó hacia el cielo; su cara, empapada de lágrimas, tomó una expresión dura y rencorosa, y dijo:

—Durante cerca de dos semanas he tenido sueños, presentimientos y premoniciones de que la muerte me iba a arrebatar lo que para mí tenía mayor valor, y yo me he arrastrado día y noche, noche y día, por el polvo, delante de Dios, rogándole que se apiadase de mi hija inocente y que la guardase de todo mal, ¡y he aquí la respuesta de Dios!

Ya veis: Dios había salvado a la niña de un mal, pero la madre lo ignoraba.

Se enjugó las lágrimas de los ojos y de las mejillas, permaneció un rato inclinada, mirando a la niña con ojos muy abiertos, acariciándole la cara y los cabellos con las manos; de pronto habló otra vez con el mismo tono rencoroso:

—No hay compasión alguna en el corazón de Dios. Jamás volveré a rezar.

Levantó y apretó contra su pecho a la niña muerta, y salió de allí, mientras la multitud se echaba atrás abriéndole paso, muda de espanto por las terribles palabras que acababan de oír. ¡Pobre mujer aquella! Es cierto, como había dicho Satanás, que nosotros no sabemos distinguir la buena de la mala suerte, y que constantemente tomamos la una por la otra. De entonces acá he oído yo a muchas personas pedir a Dios que salvase la vida de algunos enfermos; yo no lo he hecho nunca.

Ambos funerales se celebraron al mismo tiempo en nuestra pequeña iglesia, al siguiente día. Todos se hallaban allí presentes, incluso los invitados a la fiesta. También estaba allí Satanás, y eso estaba puesto en razón, porque era obra suya el que hubiesen tenido lugar aquellos funerales. Nicolás se había marchado de esta vida sin absolución, y se realizó una colecta para decir misas, a fin de sacarlo del purgatorio. Sólo se reunieron los dos tercios del dinero necesario, y los padres iban a tratar de pedir prestado lo que faltaba, pero Satanás se lo dio. Nos dijo en secreto que no existía el purgatorio, pero que él había contribuido a fin de que los padres de Nicolás y sus amigos se ahorrasen dificultades y angustias. A nosotros nos pareció muy bien aquella acción suya, pero él nos dijo que a él no le costaba nada el dinero.

Llegados al cementerio, un carpintero al que la madre de la pequeña Lisa debía cincuenta moneditas de plata por trabajos hechos el año anterior, embargó el cadáver. La madre no había podido pagar hasta entonces aquella deuda, y tampoco podía pagarla ahora. El carpintero se llevó el cadáver a su casa y lo tuvo cuatro días en su bodega; en todo ese tiempo la madre no salió de aquella casa, llorando y suplicándole; entonces el carpintero enterró a la niña en el patio del ganado de un hermano suyo, sin ninguna ceremonia religiosa. Esto hizo enloquecer de dolor y de vergüenza a la madre, que abandonó sus tareas y recorrió diariamente la población, maldiciendo al carpintero y blasfemando de las leyes del emperador y de la Iglesia, dando con ello un espectáculo lamentable. Seppi suplicó a Satanás que interviniese, pero éste le contestó que el carpintero y los demás eran miembros de la raza humana y actuaban perfectamente desde el punto de vista de esa clase de animal. Intervendría, desde luego, si descubriese a un caballo actuando de ese modo, y nosotros deberíamos informarle si acaso tropezábamos con un caballo que se conducía como ser humano, porque él entonces se lo impediría. Nosotros creímos que aquello era pura ironía, porque, como es natural, no existía caballo semejante.

Pero al cabo de algunos días descubrimos que a nosotros se nos hacía insoportable el dolor de aquella pobre mujer, y pedimos a Satanás que examinase los distintos cursos posibles de su vida, para ver si no podía darle uno nuevo, mirando por el bien de ella. Nos contestó que el curso más largo de sus distintas vidas posibles le daba cuarenta y cuatro años, y el más breve, veintiuno, y que ambos estaban cargados de dolores, hambres, frío y sufrimiento. Lo único que él podía hacer en beneficio de esa mujer era el permitirla escamotear cierto eslabón de allí a tres minutos; y nos preguntó si queríamos que lo hiciese. Era un plazo de tiempo muy breve el que teníamos para decidir: la excitación nerviosa nos dejó destrozados, y antes que pudiéramos dominarnos y preguntar detalles nos dijo que el plazo iba a terminar pocos segundos después; por eso jadeamos de pronto:

—¡Hazlo!

—Ya está hecho—dijo—; ella iba a doblar una esquina; la hice volver atrás; esto ha cambiado el curso de su vida.

—¿Y qué ocurrirá ahora, Satanás?

—Ya está ocurriendo lo que ha de ocurrir. Se ha trabado de palabras con Fischer, el tejedor. Fischer, llevado de su ira, realizará lo que sin este accidente no habría llevado a cabo. Ese hombre se hallaba presente cuando la mujer se quedó contemplando el cadáver de su hija y pronunció aquellas blasfemias.

—¿Y qué hará?

—Lo está haciendo ya. La está denunciando. De aquí a tres días esa mujer será quemada en el poste.

Nos quedamos sin habla; el horror nos dejó helados, porque si nosotros no nos hubiésemos entremetido en la carrera de su vida, se habría ahorrado aquel destino espantoso. Satanás vio nuestros pensamientos, y dijo:

—Lo que estáis pensando es estrictamente humano, es decir, un desatino. La mujer sale ganando con esto. En cualquier momento que ella hubiese muerto, habría ido al cielo. Gracias a esta muerte tan próxima gana veintinueve años de cielo más de lo que le estaba destinado, y se ahorra veintinueve años de miserias aquí abajo.

Un momento antes habíamos estado diciéndonos rencorosamente que nunca más solicitaríamos favores de Satanás para amigos nuestros, porque no parecía saber otra manera de portarse amablemente con una persona si no era matándola; pero ahora cambiaba todo el aspecto del caso, y nos alegrábamos de lo que habíamos hecho, sintiéndonos plenamente felices al recordarlo.

Al cabo de un rato empecé yo a sentirme turbado pensando en Fischer, y le pregunté tímidamente:

—¿Acaso este episodio cambia también el curso de la vida de Fischer, Satanás?

—¿Que si lo cambia? ¡Claro que sí! Radicalmente. Si él no se hubiese tropezado hace unos momentos con Frau Brandt habría muerto el año próximo, de treinta y cuatro años, Ahora vivirá hasta los noventa, y llevará una vida muy próspera y feliz, tal como marchan las vidas humanas.

Nosotros sentimos gran júbilo y orgullo en lo que habíamos hecho en favor de Fischer, y esperábamos que Satanás simpatizase con estos sentimientos;

pero no dio señal alguna de simpatizar, y eso nos produjo desasosiego. Esperamos que él hablase, pero no habló; por eso, y para enjugar nuestra preocupación tuvimos que preguntarle si aquella buena suerte de Fischer no tendría ningún inconveniente. Satanás meditó un momento en el problema, y dijo después con cierta vacilación:

—Pues veréis, el tema es delicado. Bajo los diversos cursos posibles de vida que antes tenía ese hombre, al final iría al cielo.

Nos quedamos boquiabiertos de espanto :

—¡Oh Satanás! Y dentro de este...

—Ea, no os angustiéis de esa manera. Vosotros intentasteis con toda sinceridad hacerle un favor; eso debe consolaros.

—¡Válganos Dios, válganos Dios! Eso no puede servirnos de consuelo. Deberías habernos dicho las consecuencias de lo que hacíamos, y entonces nuestra conducta habría sido otra.

Pero nuestras palabras no le impresionaron. Jamás había sentido él pena ni pesar, e ignoraba en qué consistían, o al menos lo ignoraba de una manera verdaderamente práctica. Sólo sabía de esas cosas teóricamente, es decir, intelectualmente. Como es natural, eso no aprovecha. Es imposible obtener otra cosa que una noción vaga e incompleta de tales cosas como no sea por experiencia. Nos esforzamos todo cuanto pudimos en hacerle comprender la cosa tan espantosa que había realizado, y de qué manera quedábamos nosotros complicados en ella, pero no pareció que llegase a penetrar bien en el asunto. Aseguró que él no le concedía importancia al lugar adonde iría a parar Fischer; en el cielo no lo echarían de menos, porque allí eran muchos Intentamos hacerle ver que se salía por completo del tema; que Fischer, y no los demás, era el indicado para decidir sobre la importancia de la cuestión; pero todo fue inútil; dijo que le tenía sin cuidado Fischer, y que los Fischer abundaban muchísimo.

Un momento después pasó por el otro lado del camino Fischer; el verlo nos dio mareos y desmayos, recordando la condenación que le esperaba y de la que nosotros éramos la causa. ¡Y qué inconsciente marchaba de todo cuanto le había ocurrido! Se advertía en lo elástico dé su caminar y en lo vivaz de sus maneras que estaba muy contento por la mala jugarreta que le había hecho a la pobre Frau Brandt. A cada momento volvía la cabeza para mirar por encima del hombro hacia atrás, como quien esperaba algo. En efecto, muy pronto vino en la misma dirección Frau Brandt, entre corchetes y amarrada con cadenas tintineantes. Tras ella marchaba el populacho, mofándose y gritando:

— ¡Blasfema y hereje!

Entre aquellas gentes había convecinas y amigas suyas de tiempos más felices. Algunas de esas personas intentaron golpearla, y los corchetes no se tomaban todo el trabajo que hubieran podido a fin de impedírselo.

—¡Oh Satanás, impídeselo! —se nos escapó esta exclamación antes de recordar que no podía interrumpir aquello ni por un solo instante sin cambiar todo el curso posterior de sus vidas.

Pero dio un ligero soplido, con los labios en dirección a la gente, y ésta empezó a vacilar y tambalearse, pretendiendo agarrarse con las manos al espacio vacío; acto continuo se desbandaron y huyeron en todas direcciones, dando alaridos, como si fuesen víctimas de un sufrimiento intolerable. Había bastado aquel pequeño soplo para romper a cada uno de ellos una costilla. No pudimos menos de preguntar si con aquello había cambiado el curso posterior de la vida de aquellas personas.

—Por completo. Algunas han ganado años, otras los han perdido. Algunas se beneficiarán de distintas maneras por el cambio, pero sólo esas pocas.

No preguntamos si nuestra iniciativa había traído a algunas de esas personas la misma suerte que al pobre Fischer. No quisimos saberlo. Creímos firmemente en el deseo que tenía Satanás de favorecernos, pero empezábamos a perder confianza en su juicio. Entonces empezó a desaparecer, dejando paso a otros intereses, aquella ansiedad nuestra cada vez mayor de hacer que revisase el curso de nuestras vidas y que sugiriese mejoras en las mismas.

Toda la aldea se vio envuelta en una tempestad de chismorreos durante un par de días a propósito del caso de Frau Brandt y de la misteriosa calamidad que había caído sobre la multitud; cuando compareció al juicio, el local se hallaba atiborrado de gente. Fue cosa fácil dejarla convicta de sus blasfemias porque había pronunciado una y otra vez aquellas palabras terribles, y se negó a retractarse de ellas. Cuando se le advirtió que estaba poniendo en peligro su vida, contestó que le harían un favor quitándosela, que no la quería para nada, que prefería vivir en el infierno con los diablos de profesión que no con sus imitadores en la aldea. La acusaron de que había roto aquellas costillas por arte de hechicería, preguntándole si no era una bruja. Ella contestó mofándose:

—No. ¿Os dejaría con vida ni siquiera cinco minutos a ninguno de vosotros, hipócritas malvados, si yo tuviese esos poderes? No; os dejaría muertos a todos en el acto. Pronunciad vuestra sentencia y dejadme morir; estoy cansada de vivir con vosotros.

La declararon, pues, culpable, fue excomulgada y apartada de los júbilos celestiales y condenada a las hogueras del infierno; acto continuo la vistieron con una túnica burda y la entregaron al brazo secular, conduciéndola a la plaza del mercado. La campana doblaba mientras tanto solemnemente a muerto. La vimos encadenada al poste, y vimos también alzarse en el aire tranquilo la primera neblina de humo azul. Entonces la expresión del rostro de aquella mujer se suavizó, miró a la muchedumbre que se apretujaba delante de ella, y dijo cariñosamente:

—Hubo un tiempo en que jugamos juntos, en aquellos días lejanos en los que éramos unas criaturas inocentes. En recuerdo de aquellos días, yo os perdono.

Entonces nos alejamos, y no vimos cómo la consumía el fuego; pero escuchamos sus alaridos, a pesar de que nos tapamos las orejas con los dedos. Cuando dejaron de oírse los alaridos, aquella mujer estaba ya en el cielo, a pesar de la excomunión. Y nosotros nos alegrábamos de su muerte, y ningún pesar sentíamos de haber sido los causantes de la misma.

Cierto día, poco después de aquello, se nos apareció de nuevo Satanás. Nosotros vivíamos en un constante acecho del mismo, porque cuando lo teníamos a nuestro lado no era la vida jamás una balsa de agua estancada. Se nos presentó en aquel lugar del bosque donde nos lo tropezamos por vez primera. Como éramos muchachos, deseábamos divertirnos; le suplicamos que nos hiciese alguna exhibición.

—Perfectamente —-dijo—; ¿os agradaría contemplar una historia del progreso de la raza humana? ¿Del desarrollo de ese producto suyo que se llama civilización?

Le contestamos afirmativamente.

Le bastó un pensamiento para convertir aquel lugar en el jardín del Edén, y vimos a Abel orando junto a su altar. Acto continuo apareció caminando hacia donde Abel estaba, su hermano Caín, armado con su garrota; no pareció habernos visto, y me habría pisado en un pie si yo no lo hubiese retirado hacia adentro. Habló a su hermano en un lenguaje que nosotros no entendimos; poco a poco se fue poniendo violento y amenazador, y nosotros nos dimos cuenta de lo que iba a pasar, y miramos un momento hacia otro lado; pero oímos el chasquido de los golpes y alaridos y lamentos; luego se produjo el silencio, y contemplamos a Abel caído en medio de su propia sangre y dando las últimas boqueadas. Caín en pie a su lado, lo contemplaba, vengativo y sin muestras de arrepentimiento.

Se desvaneció aquella visión, y siguió a la misma una larga serie de guerras, asesinatos y degollinas conocidas para nosotros. Vino luego el diluvio y vimos el Arca balanceándose de un lado para otro en las agua tormentosas y a lo lejos, veladas y confusas por la lluvia, unas montañas altísimas. Satanás dijo:

—El progreso de vuestra raza no fue satisfactorio. Ahora tendrá otra oportunidad.

Cambió la escena, y contemplamos a Noé, pasado del vino.

Acto continuo, aparecieron Sodoma y Gomorra, «con la tentativa para descubrir allí dos o tres personas respetables», según palabras de Satanás, Vino después Lot con sus hijas, dentro de la caverna.

Vinieron después las guerras hebraicas, y vimos cómo los vencedores degollaban a los supervivientes y al ganado propiedad de los mismos, salvando a las muchachas jóvenes, que luego se repartían entre ellos.

Vino después Jezabel; la vimos, deslizarse dentro de la tienda y atravesar con un clavo de parte a parte las sienes de su huésped dormido; nos hallábamos tan cerca que cuando saltó la sangre, formó ésta un pequeño arroyuelo rojo a nuestros pies, y si hubiésemos querido habríamos podido manchar en él nuestras manos.

Vinieron luego las guerras egipcias, las guerras griegas, las guerras romanas, que dejaron la tierra empapada con horrendos manchones de sangre; vimos las traiciones de que los romanos hicieron víctimas a los cartagineses, y el espectáculo repugnante de la degollina de este pueblo valeroso. Vimos también a César invadir Britania, no porque este pueblo bárbaro le hubiese hecho daño alguno, sino porque quería sus tierras, y César anhelaba conceder las bendiciones de la civilización a sus viudas y huérfanas, según explicó Satanás.

Después de eso nació la cristiandad. Entonces desfilaron por delante de nosotros largas épocas europeas, y vimos de qué manera la cristiandad y la civilización avanzaron de la mano durante esas épocas, dejando en su estela, el hambre, la muerte, la desolación y los demás signos del progreso de la raza humana, según hizo notar Satanás.

En todo momento vimos guerras, más guerras, y siempre guerras, por Europa, por todo el mundo. «Unas veces en el interés particular de las familias reales —dijo Satanás— y otras para aplastar a alguna nación débil; jamás ningún agresor inició una guerra con móviles limpios; no existe una guerra de esa clase en la historia de la raza humana».

—Ya habéis visto —dijo Satanás— el progreso de vuestra raza hasta el día, y no tenéis más remedio que confesar que es maravilloso, a su modo. Ahora es preciso que hagamos ver el porvenir.

Satanás nos mostró matanzas más terribles por la cantidad de vidas destruidas, más devastadoras por los artefactos de guerra empleados, que todo cuanto habíamos visto.

—Ya veis —dijo— que vuestro progreso ha sido constante. Caín asesinó con una garrota; los hebreos cometieron sus asesinatos con dardos y espadas; los griegos y los romanos agregaron la armadura protectora y las bellas artes de la organización militar y del generalato; los cristianos agregaron los cañones y la pólvora. De aquí a algunos siglos habrán perfeccionado hasta tal punto la eficacia mortal de sus armas de matanza, que no tendrán todos los hombres más remedio que confesar que sin la civilización cristiana habría seguido siendo la guerra hasta el fin de los tiempos una cosa pobre y fútil.

Después de esas palabras rompió a reír de la manera más despreocupada, mofándose de la raza humana, a pesar de que sabía que todo lo que había estado diciendo nos avergonzaba y nos lastimaba. Nadie, como no fuese un ángel, habría podido obrar de semejante manera; pero el sufrimiento no significaba nada para ellos; ignoran lo que es, como no lo sepan de oídas.

Seppi y yo habíamos intentado más de una vez, de un modo humilde y receloso, convertirlo, y como él nos había escuchado en silencio, tomamos esto como una especie de estímulo; por eso esta conversación suya de ahora tenía que resultar para nosotros una desilusión, porque demostraba que no habíamos producido en Satanás una impresión profunda. Nos entristecimos al pensarlo, y entonces comprendimos cuál ha de ser el estado de ánimo del misionero que ha estado acariciando alegres esperanzas y ve cómo éstas se marchitan. Guardamos nuestro dolor para nosotros mismos, comprendiendo que no era aquél el momento de proseguir nuestra tarea.

Satanás llevó hasta el último límite su risa desagradable; y luego dijo:

—El progreso es extraordinario. Cinco o seis elevadas civilizaciones, en el transcurso de cinco o seis mil años, surgieron, florecieron, se impusieron al asombro del mundo y luego decayeron y desaparecieron; ni una sola de ellas, salvo la más reciente, consiguió inventar ningún medio adecuado para matar al pueblo en masa. Todas ellas hicieron cuanto pudieron (porque la mayor ambición de la raza humana y el incidente primero de su historia ha sido el matar), pero únicamente la civilización cristiana ha logrado un triunfo del que puede enorgullecerse. Dentro de uno o dos siglos se reconocerá que todos los hombres competentes en el arte de matar son cristianos; entonces el mundo pagano irá a que el cristiano lo eduque, no para adquirir su religión, sino sus cañones. El turco y el chino los comprará para matar con ellos a los misioneros y a los convertidos al cristianismo.

Mientras tanto había vuelto a entrar en acción su teatro; nación tras nación fueron desfilando antes nuestros ojos en el transcurso de dos o tres siglos, en un cortejo imponente e inacabable, destrozándose, peleándose, avanzando por mares de sangre, envueltos en el humo espeso de la batalla, por entre el cual brillaban las banderas y se disparaban las rojas bocanadas de los cañones; y siempre escuchábamos el tronar de los fusiles y los gritos de los moribundos.

—¿Y qué ha salido de todo eso? —dijo Satanás, con su maligno glogloteo de risa—. Nada en absoluto. Vosotros no ganáis nada; termináis por el mismo sitio en que empezasteis. Durante un millón de años vuestra raza ha vivido propagándose de una manera monótona, multiplicando monótonamente ese absurdo tonto» ¿y qué ha conseguido? ¡No hay sabiduría que pueda adivinar! ¿Quién se beneficia con ello? Nadie, sino un grupo de reyezuelos usurpadores y de aristócratas que os desprecian; que se considerarían manchados si los tocaseis; que os darían con la puerta en las narices si quisieseis hacerles una visita; unos reyezuelos y aristócratas de quienes sois esclavos, por los que lucháis, por los que morís, sin que ello os dé vergüenza, sino orgullo; unos reyezuelos y aristócratas, cuya existencia es un perpetuo insulto a vosotros, insulto contra el que no os rebeláis por miedo; unos reyezuelos y aristócratas que son unos pordioseros que viven de vuestras limosnas, que, sin embargo, adoptan con vosotros los aires del bienhechor con el mendigo; que os hablan en el lenguaje en que habla el amo a su esclavo, y a los que contestáis con el lenguaje en que contesta el esclavo a su señor; a los que reverenciáis de palabra, mientras que en vuestro corazón (si es que lo tenéis) os despreciáis a vosotros mismos por ello. El primer hombre fue un hipócrita y un cobarde, y esas cualidades no se han perdido en su descendencia; ellas son el fundamento sobre el que se han asentado todas las civilizaciones; ¡Brindad por que se perpetúen! ¡Brindad por que se aumenten! ¡Brindad por...!

En ese momento advirtió por nuestras caras lo profundamente qué aquello nos lastimaba; cortó su sentencia sin acabarla, cesó en su glogloteo de risa, y cambiaron sus maneras, diciéndonos gentilmente:

—No, brindaremos los unos por salud de los otros, y allá se las arregle la civilización. El vino que ha fluido a nuestras manos saliendo del espacio por un deseo nuestro es cosa de la tierra, y lo bastante buena para este otro brindis; pero tirad los vasos; haremos este otro brindis con un vino que hasta ahora no se vio en este mundo.

Obedecimos, alargamos las manos y recibimos en ellas las nuevas copas a medida que descendieron de lo alto. Eran éstas bellas y de elegante forma, pero no estaban fabricadas con ningún material de los que nosotros conocíamos. Parecían dotadas de movimiento, parecían vivas; y desde luego, los colores que había dentro de ellas se movían. Eran brillantísimas y centelleantes, de todas las tonalidades; no permanecían inmóviles nunca, sino que corrían de una parte a otra en magnífico oleaje que se entrechocaba, se rompía y estallaba en delicadas explosiones de encantadores colores. Creo que se parecía mucho a un oleaje de ópalos que despedía por todas partes centelleos esplendorosos. Pero no hay nada a qué comparar el vino aquel. Lo bebimos, y experimentamos un éxtasis extraordinario y encantador, como si se nos hubiesen metido dentro furtivamente los cielos. A Seppi se le humedecieron los ojos y exclamó con reverencia :

—Algún día estaremos allí y entonces...

Miró furtivamente a Satanás, y yo creo que con la esperanza de que éste dijese: «Sí, algún día estarás allí», pero Satanás parecía estar pensando en alguna otra cosa, y no dijo nada. Aquello me dio a mí una sensación espantosa, porque estaba seguro de que Satanás había oído; nada, hablado o no hablado, se le escapaba a él. El pobre Seppi pareció afligido y no terminó su sentencia. Las copas se alzaron y se abrieron camino hasta los cielos, lo mismo que un trío de trozos de arco iris, y desaparecieron. ¿Por qué no se quedaron en nuestras manos? Aquello parecía una mala señal, y me dejó deprimido. ¿Volvería yo a ver alguna vez la mía? ¿Vería Seppi la suya alguna vez?

Capítulo IX

Era cosa de maravilla el dominio que Satanás ejercía sobre el tiempo y la distancia. Para él ni la una ni el otro existían. Los calificaba de invenciones de los hombres, y afirmaba que eran puros artificios, íbamos muchas veces con él a los puntos más lejanos del globo, permanecíamos allí semanas y meses, y, por regla general, sólo nos ausentábamos una fracción de segundo. Esto podía demostrarse por el reloj. Cierto día en que la gente de nuestra aldea se hallaba en una terrible aflicción, porque el tribunal de brujas tenía miedo de proceder contra el astrólogo y contra los miembros de la casa del padre Pedro —mejor dicho, contra nadie que no fuese pobre y desamparado—, la gente perdió la paciencia y se dedicó por cuenta propia a la caza de brujas; comenzó por perseguir a una dama distinguida por su nacimiento, de la que se sabía que tenía por costumbre curar a la gente con artes diabólicas, tales como el bañarlas, el lavarlas, el darles alimentos en lugar de sangrarlos y purgarlos debidamente por mano del cirujano barbero. La mujer corrió por la calle de la aldea, perseguida por el populacho ululante y maldiciente; intentó refugiarse en algunas casas, pero le dieron con las puertas en la cara. La persiguieron por espacio de más de media hora; nosotros fuimos detrás para ver lo que ocurría; por último cayó ella al suelo, agotada, y la turba la agarró. La arrastraron hasta un árbol, sujetaron una cuerda en una rama y empezaron a hacer un nudo corredizo; mientras tanto, algunos la sujetaban, y ella lloraba y suplicaba, y su hija miraba y sollozaba, sin atreverse a decir ni hacer nada.

Ahorcaron a la dama, y aunque en mi corazón yo estaba pesaroso, le tiré una pedrada; pero eso mismo hacían todos, y cada uno se fijaba en el que estaba a su lado, y si yo no hubiese hecho lo que hacían los demás, me habrían visto y habrían murmurado de mí. Satanás soltó la carcajada.

Todos cuantos estaban cerca se volvieron hacia él, atónitos y nada satisfechos. Mal momento era aquél para retirarse, porque sus maneras libres y burlonas y su música sobrenatural lo habían hecho ya sospechoso por toda la población y eran muchos los que en secreto estaban contra él. El corpulento herrero llamó ahora la atención hacia él, alzando su voz de manera que le oyesen todos, y dijo:

—¿De qué os reís? ¡Contestad! Explicad además a los aquí presentes por qué razón no tiráis ninguna piedra.

—¿Estáis seguro de que no la tiré?

—Sí. Y no queráis saliros por la tangente; yo me fijé bien en usted.

—¡Y también yo, y también yo me fijé en usted! —gritaron otros dos.

—Tres testigos —dijo Satanás—: Mueller, el herrero; Klein, el ayudante del carnicero; Pfeiffer, el jornalero del tejedor. Tres embusteros muy corrientes. ¿Hay algún otro?

—No os importe que haya o no haya otros, y ninguna importancia tiene tampoco la opinión que usted tenga de nosotros; tres testigos son suficientes para arreglaros las cuentas. Tendrá usted que demostrar que tiró una piedra, o mal lo va usted a pasar.

—¡Así es!—gritó la turba, y se arremolinó todo lo cerca que pudo del centro del interés.

—En primer lugar contestará usted a esta otra pregunta —gritó el herrero, muy satisfecho de sí mismo por poder convertirse en portavoz del público y en héroe del momento—: ¿De qué se reía usted?

Satanás se sonrió y contestó, divertido:

—De ver a tres cobardes apedreando a una mujer moribunda, siendo así que ellos mismos estaban tan próximos a morir.

Hubo que ver a la muchedumbre supersticiosa encogerse y contener el aliento bajo aquel golpe súbito. El herrero, mostrándose bravucón, dijo:

—¡Púa! ¿Qué sabe usted de eso?

—¿Yo? Lo sé todo. Mi profesión es la de echador de la buenaventura y leí las manos de vosotros tres (y de algunos más) cuando las levantasteis para apedrear a la mujer. Uno de vosotros morirá de mañana en ocho días; el otro morirá esta noche; al tercero no le quedan sino cinco minutos de vida, ¡y allí está el reloj!

Aquello produjo sensación. Las caras de la multitud empalidecieron y se volvieron mecánicamente hacia el reloj. El carnicero y el tejedor parecían acometidos de una grave enfermedad, pero el herrero sacó fuerzas de flaqueza y dijo animoso:

—No es mucho lo que hay que esperar para ver si se cumple la predicción número uno. Si no se cumple, mocito, no vivirá usted ni un solo minuto después, se lo prometo.

Nadie habló una palabra; todos miraban al reloj en medio de un profundo silencio, que resultaba impresionante. Iban pasados cuatro minutos y medio cuando el herrero dio un súbito jadeo, apretó sus manos contra el corazón y dijo: «¡Dadme aire! ¡Dejadme espacio!», y empezó a desplomarse hacia el suelo. La multitud se arremolinó hacia atrás, sin que nadie se brindase a sostenerlo, y el herrero cayó redondo al suelo, ya cadáver. La gente se quedó mirando al muerto con ojos atónitos, miró luego a Satanás y se miraron después unos a otros; sus labios se movieron, pero no salió de ellos una sola palabra. Entonces dijo Satanás:

—Tres vieron que yo no tiré ninguna piedra. Quizá lo hayan visto algunos más; que hablen.

Aquello provocó entre la gente una especie de pánico; aunque ninguno le contestó fueron muchos los que empezaron a acusarse violentamente unos a otros diciendo: «Tú dijiste que no había tirado». La contestación era ésta: «¡Mientes y te haré comer tu mentira!».

Un instante después estaban todos enfurecidos y se había armado allí un revuelo espantoso, porque se golpeaban y acometían los unos a los otros; en medio de todo aquello, sólo había una persona indiferente: la difunta que colgaba de su cuerda, terminados ya sus apuros, y con el alma en paz.

Nos alejamos de allí; yo no estaba tranquilo, sino que me decía a mí mismo: «Les dijo que se reía de ellos, pero eso era mentira; de quien se reía era de mí».

Esto le hizo reírse de nuevo y dijo:

—Sí, me reía de ti, porque, por miedo a lo que los demás pudieran contar apedreaste a la mujer, siendo así que tu corazón se revolvía contra ese acto; pero me reía también de los demás.

—¿Por qué?

—Porque su caso era el mismo tuyo.

—¿Cómo es eso?

—Verás: había allí sesenta y ocho personas, y de ellas sesenta y dos tenían tan pocos deseos de tirar una piedra como tú mismo.

—¡Satanás!

—Es cierto, conozco a tu raza. Está compuesta de borregos. Está gobernada por minorías, y sólo muy rara vez, o quizá nunca, por mayorías. Hace caso omiso de sus propios sentimientos y de sus propias creencias y sigue al puñado de personas que mete más ruido. En ocasiones, ese puñado bullicioso tiene razón, y otras veces no la tiene; no importa, la multitud los sigue. La inmensa mayoría de la raza, lo mismo si es salvaje que si es civilizada, es secretamente de buenos sentimientos, y se resiste a causar dolor, pero no se atreve a manifestarse tal como es si hay delante una minoría agresiva y despiadada. ¡Imagínate! Una persona de buen corazón espía a la otra, y tiene cuidado de que esa otra colabore lealmente en hechos inicuos que los indignan a los dos. Hablando porque lo sé, me consta que el noventa y nueve por ciento de tu raza era firmemente opuesto a matar a las brujas cuando se agitó por primera vez hace mucho tiempo esa idiotez por un puñado de locos beatos. Me consta que aun hoy en día, al cabo de siglos de transmitirse el prejuicio y de una educación estúpida, sólo una persona de cada veinte acosa a las brujas poniendo en ello su corazón. Y, sin embargo, aparentemente, todos las odian y quieren matarlas. Quizá algún día se levante un puñado de personas defendiendo lo contrario y ese puñado será el que meta más ruido (quizá incluso un solo hombre audaz que tenga voz gruesa y expresión resuelta lo conseguirá), y antes de una semana todos los borregos se darán media vuelta y le seguirán, terminando de ese modo súbitamente la caza de brujas. Las monarquías, las aristocracias y las religiones se hallan todas basadas en ese enorme defecto de vuestra raza, a saber: la desconfianza que cada cual siente de su convecino, y su deseo, por propia seguridad o comodidad, de hacer buen papel ante los ojos de ese convecino. Esas instituciones permanecerán siempre, florecerán siempre, os oprimirán siempre, serán siempre para vosotros un bochorno y una degradación, porque siempre seréis y seguiréis siendo esclavos de las minorías. Jamás hubo un país en el que la mayoría de las gentes hayan sido en lo profundo de sus corazones leales a ninguna de estas instituciones.

No me gustó oír llamar a nuestra raza rebaño de borregos, y dije que no creía que lo fuésemos.

—Y, sin embargo, corderito, eso es cierto —dijo Satanás—. Fíjate bien durante una guerra, ¡qué borregos y qué ridículos sois!

—¿En la guerra? Y ¿cómo así?

—Jamás hubo una guerra justa, jamás hubo una guerra honrosa, por la parte de su instigador. Yo miro en lontananza un millón de años más allá, y esta norma no se alterará ni siquiera en media docena de casos. El puñadito de vociferadores (como siempre) pedirá a gritos la guerra. Al principio (con cautela y precaución) el púlpito pondrá dificultades; la gran masa, enorme y torpona, de la nación se restregará los ojos adormilados y se esforzará por descubrir por qué tiene que haber guerra, y dirá, con ansiedad e indignación: «Es una cosa injusta y deshonrosa, y no hay necesidad de que la haya». Pero el puñado vociferará con mayor fuerza todavía. En el bando contrario, unos pocos hombres bienintencionados argüirán y razonarán contra la guerra valiéndose del discurso y de la pluma, y al principio habrá quien los escuche y quien los aplauda; pero eso no durará mucho; los otros ahogarán su voz con sus vociferaciones y el auditorio enemigo de la guerra se irá raleando y perdiendo popularidad. Antes que pase mucho tiempo verás este hecho curioso: los oradores serán echados de las tribunas a pedradas, y la libertad de palabra se verá ahogada por unas hordas de hombres furiosos que allá en sus corazones seguirán siendo de la misma opinión que los oradores apedreados (igual que al principio), pero que no se atreven a decirlo. Y, de pronto la nación entera (los púlpitos y todo) recoge el grito de guerra y vocifera hasta enronquecer y lanza a las turbas contra cualquier hombre honrado que se atreva a abrir su boca; y, finalmente, esa clase de bocas acaba por cerrarse. Acto continuo, los estadistas inventarán mentiras de baja estofa, arrojando la culpa sobre la nación que es agredida y todo el mundo acogerá con alegría esas falsedades para tranquilizar la conciencia, las estudiará con mucho empeño y se negará a examinar cualquier refutación que se haga de las mismas; de esa manera se irán convenciendo poco a poco de que la guerra es justa y darán gracias a Dios por poder dormir más descansados después de ese proceso de grotesco engaño de sí mismos.

Capítulo X

Empezaron a correr uno tras otro los días, sin que se presentase Satanás. La vida sin él no tenía alicientes. Pero el astrólogo, que había regresado de su excursión a la luna, recorrió la aldea desafiando a la opinión pública, y recibiendo en ocasiones una pedrada en medio de la espalda cuando alguno de los perseguidores de brujas veía ocasión segura de tirársela y esquivar el ser visto. En ese tiempo hubo dos influencias que trabajaron en favor de Margarita. El que Satanás, al que ella le era por completo indiferente, hubiese suspendido las visitas a su casa después de ir a ella una o dos veces, lastimó el corazón de la joven; ésta se esforzó de allí en adelante por desterrarlo de su corazón. Las noticias que la vieja Úrsula le llevó de cuando en cuando acerca de la vida de libertinaje a que se entregaba Guillermo Meidling habían despertado en]a joven remordimientos, porque la causa de todo eran los celos que Guillermo sentía de Satanás; al combinarse la acción de estos dos asuntos,

Margarita sacaba un buen provecho de los mismos, porque el interés que tenía por Satanás se iba enfriando, y el que sentía por Guillermo se iba haciendo cada vez más intenso. Para completar su conversión sólo se necesitaba que Guillermo reaccionase haciendo algo que diese lugar a comentarios favorables e inclinase el ánimo del público otra vez hacia él.

Y esa oportunidad llegó, Margarita lo llamó y le pidió que defendiese a su tío en el juicio que se aproximaba; esto agradó muchísimo al joven, que dejó de beber y comenzó con actividad sus preparativos. En realidad, lo hizo con más actividad que esperanza, porque no era un caso prometedor. Había celebrado muchas entrevistas en su despacho con Seppi y conmigo, cerniendo bien nuestro testimonio, con la esperanza de encontrar entre la paja algunos cereales valiosos, pero la cosecha, como es natural, fue pobre.

¡Si Satanás se presentase! Ese pensamiento no se me quitaba de la cabeza. El podía inventar algún recurso para ganar el juicio; había dicho que éste se ganaría, y forzosamente él tenía que saber de qué manera ocurriría eso. Pero pasaban los días, y él seguía sin venir. Desde luego que yo no dudaba de que el juicio se ganaría y de que el padre Pedro pasaría feliz el resto de su vida, porque Satanás nos lo había dicho; sin embargo, yo me sentiría mucho más tranquilo si el viniese y nos explicase cómo teníamos que arreglarnos. Ya era hora de que el padre Pedro fuese objeto de un cambio salvador que lo llevase hacia la felicidad; era voz general que su encarcelamiento y la ignominia de la acusación que tenía encima lo habían reducido al último extremo, siendo probable que falleciese de sus aflicciones, a menos que la ayuda llegase pronto.

Llegó por fin el día del juicio, y la gente de todos los alrededores se congregó para presenciarlo; había entre la concurrencia muchos forasteros que habían llegado desde muy lejos. Sí, todo el mundo estaba allí, menos el acusado. Su debilidad física era incapaz de soportar aquella tensión. Pero Margarita se hallaba presente, manteniendo vivas sus esperanzas y su ánimo lo mejor que podía. También hacía acto de presencia el dinero. Fue vaciado encima de la mesa y quienes tuvieron aquel privilegio pudieron manosearlo, acariciarlo y examinarlo.

Entró en el cajón de los testigos el astrólogo. Se había ataviado para aquella ocasión con su mejor sombrero y su mejor túnica.

Pregunta.—¿Afirma usted que este dinero le pertenece?

Respuesta.—Afirmo.

Pregunta.—¿De qué manera llegó a ser de su propiedad?

Respuesta.—Encontré la bolsa en la carretera cuando yo regresaba de un viaje.

Pregunta.—¿Cuándo fue eso?

Respuesta.—Hace más de dos años.

Pregunta.—¿Qué hizo usted con él?

Respuesta.—Me lo llevé a casa y lo oculté en un lugar secreto de mi observatorio, con el propósito de encontrar a su poseedor, si podía.

Pregunta.—¿Hizo usted por encontrarlo?

Respuesta.—Realicé activas investigaciones durante varios meses, sin que diesen resultado.

Pregunta.—¿Y luego?

Respuesta.—Me pareció que no valía la pena de seguir averiguando, y me propuse invertir el dinero en terminar el ala del edificio de la Inclusa que hay entre el monasterio de monjes y el de monjas. Lo saqué, pues, del lugar en que lo tenía oculto, y reconté el dinero para ver si me faltaba algo. Entonces...

Pregunta,.—¿Por qué se detiene usted? Siga.

Respuesta.—Lamento tener que decir esto; en el momento mismo en que yo terminaba el recuento y colocaba otra vez la bolsa en su lugar, me volví y me encontré a mis espaldas al padre Pedro. (Algunas voces murmuraron: «Esto tiene mal cariz». Otros contestaron: «¡Pero ese hombre es un grandísimo embustero!»)

Pregunta.—¿Y os intranquilizó eso?

Respuesta.—No; en aquel entonces no le di importancia, porque el padre Pedro acudía con frecuencia a mí, sin previo aviso, para pedirme alguna pequeña ayuda en su necesidad.

Margarita se sonrojó vivamente al oír cómo con descaro y falsedad se acusaba a su tío de pordiosear, y muy especialmente que lo acusaba una persona a la que él había denunciado siempre como un farsante. Iba ya a hablar, pero cayó a tiempo en la cuenta de lo que le correspondía hacer, y siguió callada.

Pregunta.—Prosiga usted.

Respuesta. — Por último, me dio miedo contribuir con aquel dinero a la construcción de la Inclusa, y decidí esperar un año más y proseguir mis investigaciones. Cuando oí contar lo del hallazgo del padre Pedro me alegré, y no recelé absolutamente nada; dos o tres días después, al regresar a casa, comprobé que el dinero mío había desaparecido; pero ni aun así sospeché hasta que me llamaron la atención como coincidencias muy extrañas tres circunstancias relacionadas con la buena fortuna del padre Pedro.

Pregunta.—Sírvase explicarlas.

Respuesta.—El padre Pedro se había encontrado el dinero en un camino, yo me había encontrado el mío en una carretera. El hallazgo del padre Pedro estaba compuesto exclusivamente de ducados de oro, el mío, también. El padre Pedro se había encontrado mil ciento siete ducados, exactamente como yo.

Con esto terminó su declaración que produjo ciertamente impresión profunda en la concurrencia; era cosa que saltaba a la vista.

Guillermo Meidling le hizo algunas preguntas, luego nos llamaron a nosotros los muchachos, y nosotros hicimos nuestro relato. Aquello hizo reír a la gente, y nosotros nos sentimos avergonzados. Aun sin eso ya estábamos inquietos, porque Guillermo estaba desesperado, y lo dejaba ver. El pobre joven estaba haciendo todo cuanto podía, pero nada militaba en su favor, y si había algunas simpatías no estaban desde luego del lado de su defendido. Quizá resultase difícil para el Tribunal y la concurrencia el creer en el relato del astrólogo, teniendo en cuenta su reputación; pero lo que sí resultaba completamente imposible de creer era el relato del padre Pedro. Estábamos ya bastante inquietos, pero cuando el abogado del astrólogo dijo que no le parecía necesario hacernos ninguna pregunta, porque nuestro relato era un poco delicado y sería una crueldad suya el ponerlo a prueba, todos dejaron escapar una risita y aquello se nos hizo ya insoportable. Acto continuo pronunció un discursito burlón, y nuestro relato le dio base para tales bromas, haciéndole aparecer tan ridículo, infantil, estúpido e imposible desde todo punto de vista, qué ya todos se carcajearon hasta que les corrían las lágrimas por la cara; por último, Margarita perdió los ánimos, se dejó llevar del abatimiento, y rompió a llorar. ¡Qué pena sentí por ella!

Pero vi algo que me devolvió los ánimos. ¡Satanás estaba en pie junto a Guillermo! ¡Y qué contraste había entre ellos! Satanás parecía muy confiado y sus ojos y su rostro estaban llenos de animación, mientras que Guillermo parecía deprimido y lleno de abatimiento. Nosotros dos nos sentimos ya tranquilos, y creímos que Satanás declararía y convencería al Tribunal y a la concurrencia de que lo negro era blanco y lo blanco negro, o del color que a él le agradase. Miramos a nuestro alrededor para observar qué concepto tenían de él los forasteros que había en la casa, porque Satanás era, como sabéis, bello —mejor dicho, despampanante—, pero nadie se fijaba en él, por lo cual comprendimos que era invisible a todos.

El abogado estaba pronunciando sus últimas palabras; y mientras las decía, empezó Satanás a diluirse en el interior de Guillermo. Se diluyó en su interior y desapareció. ¡Y qué cambio el que tuvo lugar cuando su espíritu empezó a mirar desde los ojos de Guillermo!

El otro abogado terminó su discurso con mucha seriedad y dignidad. Apuntó hacia el dinero, y dijo:

—El amor al dinero es la raíz de todo mal. Ahí lo tenéis, al tentador de siempre, rojo otra vez de vergüenza por su más reciente victoria, por la deshonra de un sacerdote del Señor y de sus dos pobres juveniles colaboradores en el crimen. Si ese dinero pudiera hablar, creo que se vería obligado a confesar que ésta es la más ruin y la más dolorosa de todas sus conquistas.

Se sentó. Guillermo se levantó entonces y dijo:

—Por el testimonio del acusador deduzco que él se encontró ese dinero en una carretera hace más de dos años. Rectifíqueme, señor, si le comprendí a usted mal.

El astrólogo dijo que le había comprendido bien.

—Y que el dinero encontrado de esa manera no salió de las manos de usted hasta una fecha determinada, a saber: el último día del último año. Rectifíqueme, señor, si estoy equivocado.

El astrólogo asintió con la cabeza. Guillermo se volvió hacia el Tribunal y dijo:

—De modo, pues, que si yo demuestro que este dinero que hay aquí no es el mismo, entonces ese dinero no es suyo, ¿no es así?

—Desde luego que sí; pero ése es un procedimiento irregular. Si usted tenía un testigo de esa clase era obligación suya advertir a su debido tiempo y traerlo aquí para...

Se interrumpió y empezó a consultar con los demás jueces. Entre tanto el otro abogado se puso en pie con gran excitación y empezó a protestar contra el hecho de que se permitiese introducir nuevos testigos en el juicio en aquella última etapa.

Los jueces resolvieron que su oposición era justa y debía ser tenida en cuenta.

—Pero no se trata de un nuevo testigo —dijo Guillermo—. Se trata de un testigo que ha sido ya examinado en parte. Me refiero al dinero.

—¿Al dinero? Y ¿qué puede decir el dinero?

—Puede decir que él no es el mismo que el astrólogo poseyó en otro momento. Puede decir que el último mes de diciembre no existía aún. Puede decirlo por la fecha que lleva.

¡Y era así! Reinó la más viva excitación en la sala mientras el otro abogado y los jueces echaban mano a las monedas y las examinaban entre exclamaciones. Todos estaban llenos de admiración ante la agudeza de Guillermo, que tuvo una idea tan oportuna. Se llamó por fin al orden, y el tribunal dijo:

—Todas las monedas, menos cuatro, son del año actual. El tribunal expresa su sincera simpatía al acusado y su profundo dolor de que él, un hombre inocente, haya tenido, por una lamentable equivocación, que sufrir la humillación inmerecida de ser encarcelado y juzgado. El acusado queda absuelto.

De modo, pues, que, a pesar de que el otro abogado opinaba lo contrario, el dinero pudo hablar. El tribunal se levantó, y casi todo el mundo se adelantó a estrechar la mano de Margarita y a felicitarla, y después a estrechar la mano de Guillermo, colmándole de elogios; Satanás había salido ya del cuerpo de Guillermo y miraba todo con el mayor interés, mientras la gente iba y venía atravesándolo, sin saber que él estaba allí. Guillermo no podía explicar la razón de que hasta el último instante no se le ocurriera pensar en la fecha de las monedas; dijo que se le había ocurrido de pronto, como una inspiración, y que lo dijo sin vacilar, a pesar de que no las había examinado; pero que estaba seguro de que era así, aunque sin explicarse cómo tenía esa seguridad. En ello demostró su honradez y obró como quien era; otro en su lugar habría simulado que lo había pensado antes, pero que lo tenía reservado hasta el final como una sorpresa. Su aspecto era ya un poco más apagado; no mucho, pero, sin embargo, no se veía en sus ojos aquella luminosidad que tenían mientras Satanás estaba en su interior. Pero casi la recobró cuando Margarita se le acercó, lo colmó de elogios, le dio las gracias y no pudo menos que dejarle ver cuan orgullosa estaba de él. El astrólogo se marchó descontento y echando maldiciones, y Salomón Isaacs recogió el dinero y se lo llevó. Era ya, de una manera definitiva, de propiedad del padre Pedro.

Satanás se había marchado. Me pareció que se habría introducido en la cárcel para llevar la noticia al preso, y acerté. Margarita y todos nosotros corrimos hacia allá a todo lo que daban nuestras piernas, en un estado de gran júbilo.

Lo que Satanás había hecho era esto: se había presentado delante del pobre preso y exclamó:

—Terminó el juicio, y usted ha quedado para siempre con la nota de infamia de ser un ladrón, por el veredicto del tribunal.

Aquel golpe trastornó la inteligencia del anciano. Diez minutos después, cuando nosotros llegamos, estaba paseándose con gran pompa por la cárcel, dando órdenes a los corchetes y a los carceleros, dirigiéndose a ellos como si fuesen el Gran Chambelán, el príncipe tal o el príncipe cual, el almirante de la

Escuadra, el mariscal de campo en jefe y otros títulos altisonantes por el estilo. Era tan feliz como un pájaro, ¡y creía ser el emperador!

Margarita se abrazó a su pecho y lloró; a decir verdad, la emoción casi nos desgarraba a todos el alma. Reconoció a Margarita, pero no llegaba: a comprender por qué lloraba, dio unos golpecitos en el hombro y dijo:

—No llores, corazón; ten presente que hay testigos, y que no está bien eso en la princesa de la Corona. Cuéntame la causa, y se remediará; no hay cosa que un emperador no pueda hacer.

Miró luego en derredor suyo y vio a Úrsula que se llevaba el delantal a los ojos. Aquello lo desconcertó, y dijo:

—¿Y qué te pasa a ti?

Oyó, por entre los sollozos de la mujer, algunas palabras en que ella le explicaba que le dolía el verlo así. Meditó un momento, y luego dijo, como hablando para sí mismo:

—Cosa antigua y extraña, esta duquesa viuda; ella tiene buena intención, pero siempre está a vueltas con su romadizo, y no puede explicar lo que le pasa. Y es porque no rige bien. Sus ojos se posaron en Guillermo, y le dijo:

—Príncipe de la India, adivino que vos tenéis algo que ver en lo que le ocurre a la princesa de la Corona. Habrá que secar sus lágrimas; no quiero interponerme más entre vosotros ; ella compartirá vuestro trono, y entre los dos heredaréis el mío. Ea, mujercita, ¿he hecho bien? Ya puedes ahora sonreír, ¿verdad que sí?

Llamó con nombres dulces a Margarita y la besó, y estaba tan contento de sí mismo y de todos, que todo le parecía poco para nosotros, y empezó a repartir a diestro y siniestro reinos y otras cosas por el estilo, y lo menos que le tocó a cualquiera de nosotros fue un principado. Y, finalmente, cuando se le convenció de que debía marchar a su casa, lo hizo con imponente majestuosidad; y cuando las multitudes que había a lo largo del trayecto vieron cuánto le satisfacía el que le vitoreasen, lo complacían hasta el máximo de sus deseos, y él respondía con inclinaciones muy dignas y con sonrisas generosas, y alargaba con frecuencia una mano y decía:

—¡Bendito seas, pueblo mío!

Nunca había visto yo un espectáculo más doloroso. Margarita y la vieja Úrsula no hicieron sino llorar en todo el trayecto.

Camino de mi casa me tropecé con Satanás y lo recriminé por haberme engañado con semejante mentira. Mis palabras no le produjeron el menor embarazo, limitándose a decir con toda naturalidad y calma:

—Estás en un error; te dije la pura verdad. Te dije que sería feliz durante el resto de sus días, y lo será, porque se creerá siempre el emperador, y el orgullo y el júbilo que eso le produce subsistirán hasta el fin. Es ya, y seguirá siendo, la única persona completamente feliz de este imperio.

—Pero ¡de qué manera, Satanás, de qué manera! ¿No podías haberlo logrado sin privarlo de la razón?

Difícil era irritar a Satanás, pero estas palabras mías lo consiguieron, y me dijo:

— ¡Eres un borrico! ¿Tan poco observador eres que todavía no has descubierto que la felicidad y el estar en el sano juicio son dos cosas imposibles de combinar? Un hombre de inteligencia sana no puede ser feliz, porque la vida es para él una realidad, y ve que es una realidad terrible. Únicamente los locos, y no muchos locos, pueden ser felices. Los escasos locos que se imaginan que son reyes o dioses son felices, y los demás locos no son más felices que los de sano juicio. Claro está que jamás puede decirse de un hombre que está por completo en sus cabales; pero yo me refería a los casos extremos. Le he privado a ese hombre de ese artilugio de pacotilla que la raza vuestra mira como inteligencia; he sustituido esa vida de hojalata con una ficción de plata dorada; estás viendo el resultado, ¡y todavía lo criticas! Te dije que yo lo haría permanentemente feliz y lo he hecho. Lo he hecho feliz valiéndome del único recurso posible en su raza, ¡y estás descontento!

Dejó escapar un suspiro de desaliento y dijo:

—Me está pareciendo que es la vuestra una raza difícil de contentar.

Otra vez lo de siempre. Parecía no conocer otro medio de hacerle un favor a una persona como no fuese matándola o enloqueciéndola. Me disculpé de la mejor manera que pude; pero, para mis adentros, no aprecié en mucho sus procedimientos, en aquel entonces.

Satanás solía decir que nuestra raza estaba acostumbrada a llevar una vida de constante e ininterrumpido engaño de sí misma. Desde la cuna al sepulcro se embaucaba con embelecos y espejismos que tomaba por realidades, y esto convertía su vida toda en un puro embeleco. De la veintena de cualidades nobles que esa raza se imaginaba poseer y de las que se enorgullecía, apenas si poseía una sola. Se consideraba a sí misma como oro, y no pasaba de ser bronce. Cierto día en que Satanás se hallaba de este genio mencionó un detalle: el sentido del humorismo. Eso me alegró, y adopté posiciones, afirmando que era cierto que lo poseíamos.

— ¡Ya habló por tu boca la raza! —dijo—. Siempre dispuesta a reclamar como que está en posesión de lo que carece, y a confundir una onza de limaduras de bronce con una tonelada de polvo de oro. Lo que vosotros tenéis es la percepción espuria del humorismo, y nada más; existe entre vosotros una multitud que posee esa condición. Esa multitud ve el lado cómico de mil trivialidades y vulgaridades, que son, por lo general, incongruencias de mucho bulto; cosas grotescas, puros absurdos, capaces de hacer relinchar de risa. Pero de su cegata visión están excluidos los diez mil detalles cómicos que existen en el mundo. ¿Llegará día en que la raza descubra lo que esas juvenilidades tienen de gracioso y de risible, y las destruya a fuerza de risas? En efecto, vuestra raza, dentro de su pobreza, posee incuestionablemente un arma eficaz: la risa. El poder, el dinero, la persuasión, las súplicas, la persecución, todas esas cosas son capaces de montar una paparruchada colosal, de darle un empujoncito, de debilitarla un poco, siglo tras siglo; pero únicamente la risa es capaz de hacerla volar de golpe por los aires reducida a átomos y harapos. Nada puede resistir al asalto de la risa. Os pasáis la vida armando gran revuelo y peleando con las demás armas de que disponéis. ¿Empleáis ésta alguna vez? No; la dejáis enmohecer. ¿La empleáis alguna vez en vuestra totalidad de raza? No; os falta buen sentido y valor.

En ese momento estábamos viajando, e hicimos alto en una pequeña ciudad de la India, y nos quedamos mirando cómo un prestidigitador ejecutaba sus trucos ante un grupo de indígenas. Los trucos eran maravillosos, pero yo sabía que Satanás era capaz de hacerlos mucho mayores, y le pedí que hiciese una pequeña exhibición; él me contestó que la haría. Se transformó en un indígena, con su turbante y sus bragas, y tuvo la gran atención de darme transitoriamente cierto conocimiento de aquel idioma.

El prestidigitador mostró una semilla, la colocó dentro de un pequeño tiesto de flores y la cubrió de tierra; luego cubrió el tiesto con un trapo; al cabo de un minuto el trapo empezó a levantarse; al cabo de diez minutos se había levantado a la altura de un pie; quitó entonces el trapo y quedó al descubierto un arbolito, con hojas y el fruto maduro. Probamos del fruto y era apetitoso. Pero Satanás dijo:

—¿Por qué tapas el tiesto? ¿No eres capaz de hacer crecer el árbol a la luz del sol?

—No —dijo el juglar—; nadie puede hacer eso.

—Tú no eres sino un aprendiz; no conoces tu profesión. Dame la semilla. Te voy a mostrar una cosa —agarró en la mano la semilla y dijo—: ¿Qué clase de planta quieres que salga?

—Es una semilla de cereza; de modo que saldrá un cerezo.

—No; eso es una insignificancia; cualquier novicio es capaz de eso. ¿Quieres que haga brotar de ella un naranjo?

—¡Claro que sí! —dijo el prestidigitador, echándose a reír.

—¿Y no quieres que, además de naranjas, le haga producir otras frutas?

—¡Si Dios lo quiere!—exclamaron todos, riéndose.

Satanás colocó la semilla en el suelo, le echó encima un poco de tierra y dijo:

—¡Brota!

Brotó un tallo minúsculo y empezó a crecer, y creció tan rápidamente, que a los cinco minutos se había convertido en un gran árbol, a cuya sombra todos estábamos sentados. Estalló un murmullo de asombro, y cuando todos alzaron la vista contemplaron un espectáculo bello y extraordinario, porque las ramas estaban cargadas de frutos de muchas clases y colores: naranjas, uvas, plátanos, melocotones, cerezas, albaricoques, etc. Se trajeron canastos y empezó la recogida de frutas; la gente se apelotonaba alrededor de Satanás y le besaban la mano, colmándolo de elogios y llamándolo el príncipe de los prestidigitadores. Corrió la noticia por la ciudad y acudieron todos a contemplar el prodigio, teniendo cuidado de traer también canastos. Pero el árbol se mostró a la altura de la situación, porque fue echando nuevos frutos a medida que le quitaban los que tenía; se llenaron canastos por veintenas y por centenares, pero la cosecha seguía siempre igual. Hasta que llegó un extranjero vestido de ropas blancas y con un yelmo para el sol en la cabeza, y exclamó furioso:

—¡Largo de aquí! ¡Que os larguéis digo, perros! El árbol está en terreno mío y me pertenece.

Los indígenas depositaron sus canastos en el suelo y obedecieron humildemente. También Satanás se inclinó en señal de obediencia, llevándose los dedos a la frente, al estilo indígena, y dijo:

—Señor, permitidles, por favor, que hagan su gusto durante una hora, y nada más. Pasada una hora, podéis prohibírselo, porque aun con todo eso dispondréis de mayor cantidad de frutas que las que vos y las personas de vuestra finca podáis consumir en un año.

Esto irritó mucho al extranjero, que le gritó:

—¿Y quién eres tú, vagabundo, para decir a tus superiores lo que pueden y lo que no pueden hacer?

Dio a Satanás con su bastón, y completó este error con un puntapié.

En ese instante las frutas se pudrieron en las ramas y las hojas se marchitaron y se cayeron al suelo. El extranjero contempló las ramas peladas con expresión de sorpresa desagrado. Satanás le dijo:

—Cuide mucho del árbol, porque la salud del mismo y la de usted están ligadas la una a la otra. Ya no volverá a dar frutos; pero si usted lo cuida bien, vivirá mucho tiempo. Riegue sus raíces todas las noches, una vez cada hora, y hágalo usted mismo; no es cosa que se pueda hacer por delegación, y de nada servirá regarlo de día. Una sola vez que usted deje de regarlo durante una noche, morirá el árbol, y usted también. No intente volver a su propio país, porque no llegaría a él; no tome usted compromisos de negocio o de placer que le exijan salir de la puerta exterior de su finca por las noches; es un riesgo que no puede usted correr; no arriende ni venda este negocio; sería obrar sin seso.

El extranjero era orgulloso y no se humilló a pedir; pero a mí me pareció que estaba muy inclinado a hacerlo. Mientras él miraba con ojos atónitos a Satanás, nosotros desaparecimos y fuimos a tomar tierra a Ceilán.

Me daba pena aquel hombre; me daba pena el que Satanás no se hubiese conducido como quien era y lo hubiese matado o enloquecido. Cualquiera de las dos cosas habría sido una obra de misericordia. Satanás escuchó mis pensamientos y dijo:

—Lo hubiera hecho así de no haber sido por su mujer, que no me había causado ninguna ofensa. Ella viene a reunirse con él procedente de su país: Portugal. Ella está bien de salud; pero le queda poco tiempo de vivir, y anhela verlo y convencerlo de que regrese con ella el año próximo. Ella morirá sin saber que su marido no puede abandonar ese lugar.

—¿Es que él no se lo contará?

—¿El? No confiará ese secreto a nadie; pensará que es posible que lo revele en sueños, y que lo oiga una u otra vez, el criado de algún invitado portugués.

—¿ninguno de los indígenas allí presentes entendió lo que le dijiste?

—Ninguno lo entendió; pero ese hombre vivirá siempre con el temor de que alguno lo haya entendido. Ese temor constituirá para él un tormento, porque ha sido para ellos un amo duro. Mientras duerma los verá con su imaginación derribando el árbol a hachazos. Ya no vivirá un día tranquilo, y en cuanto a las noches, ya va bien servido.

Me dolió, aunque no vivamente, el observar la satisfacción con que explicaba como había dispuesto las cosas para aquel extranjero.

—¿Y cree que es verdad lo que le dijiste, Satanás?

—Pensó que no lo creía; pero el ver que desaparecimos contribuyó a que lo creyese. Y también contribuyó el hecho de que hubiese un árbol donde antes no lo había. Como también ayudó a ello la variedad rara y desatinada de los frutos y el que éstos se marchitasen súbitamente. Que piense como quiera, que razone como quiera, lo cierto es que regará el árbol. Pero entre esto y la noche dará principio al nuevo curso de su vida con una precaución muy natural en él.

—¿Qué precaución es ésa?

—Hará venir a un sacerdote para arrojar al demonio del árbol. Sois una raza llena de humorismo, sin que vosotros mismos lo sospechéis.

—¿Le contará todo al sacerdote?

—No. Le dirá que el árbol ha sido creado por un prestidigitador de Bombay, y que quiere que eche fuera del árbol al demonio del prestidigitador, a fin de que vuelva a su lozanía y dé nuevamente frutos. Los encantamientos del sacerdote no producirán efecto, y entonces el portugués renunciará a ese plan y preparará su regadera.

—Pero el sacerdote quemará el árbol. Estoy seguro de que lo hará; no consentirá que el árbol permanezca.

—Sí, y en cualquier parte de Europa quemaría también al hombre. Pero en la India las gentes son civilizadas y no ocurren esas cosas. El hombre apartará de allí al sacerdote y cuidará él mismo del árbol.

Medité unos momentos, y luego dije:

—Satanás, creo que le has preparado una vida dura.

—Relativamente. Claro está que no hay que confundirla con unas vacaciones.

Fuimos revoloteando de un lugar a otro alrededor del mundo tal como lo habíamos hecho antes, y Satanás me fue mostrando un centenar de maravillas, la mayoría de las cuales reflejaban de una manera u otra la flaqueza y la futilidad de nuestra raza. Llevaba ya algunos días haciéndolo; no por malicia, de eso estoy seguro. Parecía únicamente que aquello le divertía y le interesaba, igual que un naturalista pudiera divertirse e interesarse en una colección de hormigas.

Capítulo XI

Satanás continuó en sus visitas casi durante un año; pero, por último, empezó a venir con menor frecuencia, y acabó no viniendo en muchísimo tiempo. Sus ausencias me dejaban siempre solitario y melancólico. Tuve la sensación de que él perdía interés en nuestro minúsculo mundo y que en cualquier momento abandonaría por completo sus visitas. Finalmente, al presentarse cierto día, mi júbilo fue extraordinario, pero duró poco tiempo. Me dijo que había venido a despedirse de mí de una manera definitiva. Tenía que realizar investigaciones y llevar a cabo empresas en otros rincones del universo, según me dijo, y ellas lo mantendrían ocupado durante un período de tiempo superior quizá al que a mí me sería posible esperar.

—¿Te marchas, pues, para no regresar jamás?

—Sí —me contestó—. Nuestra camaradería ha durado mucho tiempo y ha resultado agradable, agradable para los dos; pero debo marcharme, y jamás volveremos a vernos.

—En esta vida no, Satanás; pero ¿en la otra? ¿Verdad que en la otra nos encontraremos?

Entonces, con toda tranquilidad y sosiego, me respondió de esta manera sorprendente:

—No hay otra.

Sopló sobre mi espíritu desde el suyo una influencia sutil que me inspiró un sentimiento confuso, indeciso, pero bendito y esperanzador de que quizá esas increíbles palabras fuesen verdaderas, que por fuerza tenían que ser ciertas.

—¿Nunca lo habías sospechado, Teodoro?

—No. ¿Cómo podía sospecharlo? Pero si, por lo menos, fuese cierto...

—Lo es.

Surgió dentro de mi pecho un borbotón de felicidad; pero antes que pudiera manifestarse en palabras se vio frenado por una duda, y dije:

—Pero..., pero... esa vida futura la hemos visto, la hemos visto en su realidad; de modo que...

—Fue aquello una visión, que no tenía realidad.

La inmensa esperanza que forcejeaba dentro de mí apenas si me dejaba fuerzas para respirar.

—¿Una visión? Una... vi...

—La vida es sólo una visión, un sueño.

Fue una descarga eléctrica. ¡Vive Dios, que ese mismo pensamiento lo había yo tenido mil veces durante mis meditaciones a solas!

—Nada existe; todo es un sueño. Dios, el hombre, el mundo, el sol, la luna, la inmensidad estelar, un sueño, todo un sueño; no tienen realidad. ¡Nada existe, fuera del espacio vacío... y tú!

—¡Yo!

—Y tú no eres tú; no tienes cuerpo, ni sangre, ni huesos; no eres sino un pensamiento. Yo mismo no tengo realidad; no soy sino un sueño, tu sueño, una criatura de tu imaginación; bastará un instante para que te des cuenta de ello, y entonces me borrarás de tus visiones y yo me disolveré en la nada de la que me formaste. Estoy ya dejando de existir, estoy descaeciendo, estoy muriendo. De aquí a unos instantes te encontrarás solitario en el espacio sin límites, para que vayas y vengas por su soledad inacabable sin ningún amigo ni camarada, porque serás por siempre un pensamiento, el único pensamiento existente, inextinguible e indestructible por tu misma naturaleza. Pero yo, tu pobre servidor, te he revelado a ti mismo y te he dado là libertad. ¡Sueña otros sueños, y que sean mejores! ¡Qué cosa más extraordinaria el que no lo hayas sospechado años ha, siglos, edades, series de edades! ¡Porque tú has existido, sin compañía de nadie, por todas las eternidades! ¡Cosa verdaderamente extraña el que tú no hayas sospechado que tu universo y su contenido eran únicamente sueños, visiones, ficciones! ¡Cosa verdaderamente extraña! Porque, como todos los sueños, ésos eran franca e histéricamente disparatados; por ejemplo, el de un Dios que pudiendo crear con la misma facilidad hijos buenos que malos, prefiriese crearlos malos; que pudiendo hacerlos a todos felices, no haya hecho ni a uno solo completamente feliz; que les haya hecho apreciar en mucho su áspera vida, y que, sin embargo, se la haya cortado de pronto de manera tan mezquina; que otorgó a sus ángeles una felicidad eterna sin que la ganasen, exigiendo, en cambio, a los demás hijos suyos, que hiciesen méritos para conseguirla; que otorgó a sus ángeles unas vidas libres de todo dolor, al mismo tiempo que echaba sobre sus demás hijos la maldición dé angustias vivísimas y de enfermedades de cuerpo y de alma; que habla de justicia e inventó el infierno, que habla de misericordia e inventó el infierno, que pronuncia las normas básicas de conducta y de perdón multiplicadas por siete veces siete e inventó el infierno; que impone a los demás normas morales y no guarda ninguna; que frunce el ceño ante los crímenes, y que los comete todos; que creó el hombre sin que nadie se lo pidiese, y trata luego de descargar sobre ese hombre la responsabilidad de sus actos, en lugar de cargarla, como es lo honrado, sobre sí mismo; y, por último, con una torpeza completamente divina, ¡invita a ese pobre y maltratado esclavo a que le rinda adoración! Ahora comprendes ya que todas esas cosas son imposibles como no sea en un ensueño. Ahora comprendes que son puros y pueriles despropósitos, creaciones estúpidas de una imaginación que no tiene conciencia de sus monstruosidades. En una palabra: que son sueños, y tú quien los crea. Llevan todas las señales de los sueños, y deberías haberlo advertido antes. Esto que te he revelado es cierto; no existe Dios, ni el universo, ni la raza humana, ni la vida terrenal, ni el cielo, ni el infierno. Todo es un sueño, un sueño grotesco y disparatado. Nada existe sino tú. Y tú no eres sino un pensamiento, un pensamiento nómada, inútil, sin hogar propio, que vagabundea desamparado por el vacío de las eternidades.

Satanás desapareció, dejándome anonadado; porque yo sabía, tenía la certeza, de que todo cuanto me había dicho era verdad.

FIN